心

Natsume Soseki

こころ

林皎碧——譯

夏目漱石

目次

老師和我 005
雙親和我 099
老師和遺書 147
〈譯後記〉
念茲在茲。非心之心。 273

老師和我

1

我總是稱呼那個人為老師，所以在此也僅稱老師而不說出真實姓名。這與其說是顧慮世人的蜚短流長，不如說是我感覺這樣比較自然。每當我想起那個人時，就忍不住想喚一聲「老師」。即便此刻執筆的心情也是如此，我實在不願意使用其他生疏的稱呼。

我和老師是在鎌倉認識。那時我還只是一個年輕的學生，收到暑假前往海邊度假友人邀約我一定要去的明信片。於是，我花了二、三天籌足旅費就出門了。但是，我到鎌倉還不到三天，邀我前往的友人突然收到要他即刻返鄉的電報。電報上說他母親生病，不過友人並不相信，因為家鄉的父母親一直強迫友人答應一門他不喜歡的婚事。依現代人的習慣，友人認為他還不到結婚的年齡，但主要原因還是他並不中意那個結婚對象。因此，他暑假不願回鄉，故意躲在東京附近遊玩。他把電報給我看，問我如何是好？老實說我也不知該如何是好。不過要是母親真的生病了，理應回去探望。於是他決定回鄉，留下特意跑來的我，一個人孤單在此。

因為離開學還有一段時日，留在鎌倉或回去都可以，最後我決定暫時留在原處。友人是中國地方[1]某企業家的兒子，雖然沒有錢財上的顧慮，不過因為還在就學，年紀也尚輕，生活條件和我並無差別。因此，縱使剩下獨自一人的我，倒也不必再去尋找適合一個人的住處。

我的住處位於鎌倉的偏僻地方。假如想享受一下撞球或冰淇淋之類的時髦玩意，就得走上好長一段田埂路。若是叫車的話，可得花上二十錢的車資。這裡到處都是私人別墅，由於靠近海邊，非常適合從事海水浴等玩樂。

我每天都前往海邊。通常都是穿過一間間老舊、燻黑的茅草屋，往下走到海邊一帶，沙灘上到處是避暑男女，熱鬧得會讓人以為這是都會人居住的地方。海上有時也會如澡堂般萬頭攢動。不認識任何人的我，也置身在這熱鬧的情景中，舒服地躺在沙灘上，或在海水中奔跑任由海浪拍打，真是愉快。

其實，我就是在這種雜沓之間，遇上老師。當時，海岸邊有兩家茶屋。我偶然進入其中一家後，就習慣跑到那家茶屋。這裡和長谷一帶的大別墅不一樣，沒有個人專屬更衣室，避暑客都得使用公用更衣室。他們在這裡喝茶和休息外，也在這裡

1 中國地方指位於本州西部的鳥取、島根、岡山、廣島、山口等五縣。

清洗泳衣，盥洗身體，順便寄放帽子或傘。連不更換泳衣的我，因為害怕攜帶物被盜，每當要去海邊玩耍時，也會把身上一切物品交給茶屋保管。

2

我在這家茶屋遇見老師時，他剛好脫掉衣物，準備下水。我恰好相反，全身濕淋淋、從海水中迎風上來。兩人之間，則是黑壓壓的萬頭攢動。若非有什麼特別情形，也許我就這樣和老師擦身而過。儘管在如此混雜的海濱，如此散漫的我，之所以一眼就注意到老師，是因為他的身旁伴隨著一個洋人。

那個洋人皮膚白皙，一進茶屋，立刻引起我的注意。他把身上的傳統日本浴衣脫掉後，隨手扔在行軍椅上，雙臂交錯環抱在胸，面向大海佇立。他的身上除了一條我們慣穿的褲叉[2]外，什麼都沒穿。這讓我感到十分驚訝。兩天前，我前往由井附近海邊，蹲在沙灘上好一陣子，觀看洋人入海玩耍的情形。因為我位於略高的山丘，旁邊就是飯店的後門，看到不少男人進去清洗身體後出來，沒有一個人是露出腹部、手臂或大腿。女人更是把身體包得緊緊的。大致上，都是頭戴橡皮製泳帽，棗紅色、藏青色或藍色的泳帽忽隱忽現於波浪間浮沉。曾親眼目睹這種情景的我，對於僅穿一條褲叉就站在大庭廣眾之下的洋人，感到很新奇。

不久，他轉向身旁正彎腰撿起沙灘上毛巾的日本人，兩人交談一、兩句。日本人撿起毛巾，立刻把頭包起來，他們就往大海的方向走去。那個人，正是我所說的老師。

我純粹是好奇心，一直凝望著兩人並肩前往海邊的背影。他們直接踏著浪花，穿過淺灘的熱鬧人潮，走到較為寬敞的地方，兩人開始往海域游過去，直到頭看起來愈來愈小，然後折返一直線游回岸邊。一返回茶屋，也不以井水淋洗，只是稍微擦拭身體，便穿上衣服匆匆離去。

他們離開後，我又坐回原來的行軍椅上抽菸。當時，我不斷思索老師那一張臉孔，總覺得曾經在哪裡見過。可怎麼也想不起來，我曾在何時、何地見過？

當時，與其說我是悠哉悠哉，不如說是百無聊賴。因此，翌日我故意算準會遇到老師的時間，又跑到茶屋。只看到老師一人戴著草帽來，沒看到洋人。老師把眼

2 原文為「猿股」，為日本獨特的男性內褲，從腰部包到大腿。

鏡放在台上，用毛巾把頭包起來，快步走向海邊。

當我看到老師像昨天那樣穿過熱鬧的人潮，一個人獨自游泳時，突然有股想追過去的衝動。我從水淺處跑到水深至頭部的地方，以老師為目標游過去。不過，老師和昨天不一樣，他以一種奇妙的弧線方向開始游回岸邊。因此，我想和他相遇的目的並未達成。我趕緊上岸，甩著都是海水的雙手走進茶屋之際，老師已經穿好衣服與我擦身而去。

3

翌日，我又在相同的時間前往海邊看到了老師。翌日的翌日，我又重複同樣的事情。但是，兩人之間卻一直沒有搭訕或打招呼的機會。加上老師好像不善與人交際，總是在固定時間飄然而來、飄然而去。無論周遭如何熱鬧，他幾乎是視若無睹。此後，也從沒看到最初和他一起來的洋人，老師總是獨自一個人。

有一次，老師像往常一樣從海邊回來，在一如往常的地方更換浴衣，不知為何浴衣上沾滿沙子。老師為抖落沙子，往後將浴衣甩了二、三下。結果放在衣服下方的眼鏡，突然從板子空隙掉落。等到老師穿上白底藍花紋浴衣、繫好腰帶時，才察覺眼鏡不見了，急忙到處尋找。我立刻鑽到椅子下方，把眼鏡撿起來。老師說了聲謝謝後，從我手中接過眼鏡。

翌日，我跟在老師後面跳進海水，並且和他往同一方向游去。游到海域中好一段距離，老師才轉頭跟我說話。在這一片遼闊的碧海上，除了我們兩人外，別無旁人。強烈的陽光照射在眼前無垠無涯的山水間。我自由自在、滿心歡喜地在海上伸展活動肢體。老師突然停止手腳運動，仰躺在海面上。我也模仿他的動作。蔚藍天空中閃亮的光芒照射在我的臉上，讓眼睛刺痛得睜不開。我不禁高聲大喊：「真是爽快啊！」

不久，老師換成一個站立海中的姿勢，催促我：「該回去了吧？」相較之下，體格較強壯的我，很想繼續在海中遊玩。不過老師話一說完，我立刻回答：「好！回去吧！」於是，兩人順著原路線游回岸邊。

從此以後，我和老師變得熟絡。但是我並不知道老師住在哪裡。

事隔兩天，也就是第三天下午吧！我和老師在茶屋見面時，老師突然問我：「你打算在這裡待很久嗎？」不曾想過這件事的我，對於這個問題，腦海中根本沒譜，順口就回答：「還不知道。」但是，看到老師默不作聲地笑著時，我突然感到非常不好意思。不得不反問：「老師，您呢？」這是我稱呼他為「老師」的開始。

當晚，我去老師投宿處拜訪。他的投宿處和一般旅館不一樣，是位於寺廟的廣闊境內中一棟像別墅的建築物。我也知道住在那裡的人並非老師的家人。我一直「老師」、「老師」叫個不停，他只是苦笑。我解釋那是我對年長者的一種習慣稱呼。我也問起上次那個洋人的事。老師說那個作風怪異的洋人已經離開鎌倉，又說了一些瑣事，然後他告訴我自己連日本人都很少來往，卻和那個洋人走得很近，真是不可思議。最後，我對老師說：「總覺得曾在哪裡和老師見過面，卻怎麼也想不起來。」少不更事的我暗自懷疑對方也和我有同樣的想法吧？心中還期待著老師也會如此回應。然而，老師思索一陣子後，說道：「怎樣也想不起曾和你見過面，你認錯人了吧！」如此的回答，讓我有一種莫名的失落感。

4

我在月底返回東京。老師則在更早之前就離開避暑地。我和老師告別時，問道：「以後可以常去府上拜訪嗎？」老師僅僅簡單回一句：「可以。」那時的我，因為自認和老師已有相當交情，期待老師會有更熱情的表示。因此，這種冷淡疏離的回答，有些刺傷我的自尊心。

我經常因老師這種態度而感到失望。老師好似已察覺，又像完全不知情。雖然我經常感到些許失望，卻也因此讓我拿不定主意離開他。反而是每當我感到不安或迷惘時，就會更想接近他。心想如果更接近他的話，我所期待的結果遲早會完整地顯現在眼前吧！當時我還很年輕。不過也不是對所有人都這般真心和認真。我不明白為什麼自己只對老師抱著那樣的情感？直到老師過世後的今天，我才明白其中的道理。老師從一開始就不討厭我。老師經常對我表現出冷淡的態度，並不是想要疏遠我的不愉快表現。那是心靈受創的老師，對於想親近他的人所發出的警告，他想提醒別人「自己是一個不值得接近的人」。不接受他人關懷的老師，在輕蔑他人之前，早已先自我輕蔑。

我提早返回東京，當然是為了拜訪老師。回到東京時，距離開學還有二週，我想在這段期間去拜訪老師。不過，經過二、三天後，在鎌倉時的那種心情漸漸淡薄，加上伴隨大都市多彩多姿的氣氛記憶甦醒，讓我的心強烈感染到一種濃郁的新鮮刺激。每當我在街道上看到同學的臉孔，就對新學年有種期待和緊張。這種情緒使我暫時忘了老師的事。

開學一個月後，我開始鬆懈。我有所不滿地在大街上遊蕩。我常常以一種想達到什麼目的的眼神，環視自己的房間。我的腦海裡，再度浮現老師的身影。我想和老師見面。

第一次去拜訪老師，碰巧他不在家。我記得第二次的拜訪，是隔週的星期日。那是一個晴空萬里，令人心曠神怡的好日子。但是，那一天老師又不在。在鎌倉時，老師親口說他每天幾乎都待在家裡，也曾聽說他討厭外出的話。可是我兩次造訪都見不到人，想起他曾說的話，竟然有一種莫名的不滿。我站在玄關而不肯立刻離去，有些躊躇地看著女傭。她還記得上次拿過我的名片，要我稍等就跑進屋內。一會兒，有一位看似師母的人走出來，是一位美麗的夫人。

她親切地告訴我老師的去處，說老師每個月照例都會前往雜司谷墓地去祭拜某位亡者。夫人帶些歉意說道：「剛剛才出門，十分鐘前吧！也許不到十分鐘吧！」我向她點頭致謝後就離去。我在熱鬧的街町走了一陣子，突然興起前往雜司谷散步的念頭。一方面也是帶著說不定會遇到老師的好奇心，所以立刻轉身前往雜司谷。

5

我從墓地前方的苗圃左側走進去，穿過兩旁都種植楓樹的寬廣道路，往裡頭走。此時，我看到盡頭的茶屋忽然走出一位很像老師的人。我走了過去，看見那個人的眼鏡框被陽光照射得閃閃發亮，迫不急待大聲喊：「老師！」老師立刻停止腳步看著我問道：

「為什麼……為什麼……」

老師重複說了二遍同樣的話。這句話以異樣的聲調重複迴旋在寂靜的白晝中，一時之間，我竟不知該如何回應。

「你跟在我後面嗎？為什麼……」

老師的態度還算從容，說話聲音也頗沉穩。但是他的表情卻有一種難以言喻的憂鬱。

我把自己找到這裡的緣由告訴老師。

「我太太是否告訴你，我來這裡祭拜誰呢？」

「沒有，她什麼都沒說。」

「是嗎？——對，理應不會說那些。對於初見面的你，沒必要說那些事。」

老師好像完全了解，我卻根本不明白那是什麼意思。

老師和我穿過墓地往馬路的方向走去。途中看到「伊莎貝爾某某之墓」、「上帝之僕洛基之墓」的旁邊，還有寫著「一切眾生悉有佛生」字樣的塔婆[3]。也有「全權公使某某」的墓碑。我站在一座刻著「安得烈」的小小墳墓前問老師：「這該怎麼讀呢？」「約莫是讀成ANDREW吧！」老師說完，露出苦笑。

老師似乎不認同我這般帶著滑稽和挖苦，評論墓碑上的各種人名。我指著花崗石的圓墓碑不停地說長論短，剛開始時老師只是默默地聽著，最後則說：「你好像不曾認真思考過死亡這件事。」我立刻閉上嘴。除此之外，老師沒再說任何話。

在墓園的邊界，聳立著一棵枝葉蔽空的高大銀杏樹。走到樹下時，老師仰頭看著樹梢說道：「再過一陣子，就會變得很漂亮喲。這棵樹的葉子都會變成黃色，地面也會被金黃色的落葉覆蓋。」老師每個月都會從這棵樹下方走過。

對面有一名男子正在整理凹凸不平的地面，準備營造新墳，他停下手中的鋤頭看著我們。我們就從那裡向左轉走到街上。

沒有特別要去哪裡的我，只是跟著老師一直走。老師比平日更寡言。不過，我也不因此而感到無聊，所以仍然跟著他一起閒逛。

「您要直接回家了嗎？」

「嗯，也沒特別要去哪裡。」

我們又默默往南邊走下坡道。

「老師家的墓地就在這裡嗎？」我又開口問道。

「不是。」

「那是誰的墳墓呢？——您的親戚嗎？」

「不是。」

老師除此之外不再回答，我也就此打住。沒想到走了好一段路後，老師又把話題轉回去。

「那是我朋友的墳墓。」

「您每個月都來祭拜您的朋友嗎？」

「是的。」

3 塔婆係為亡者追善供養，立於墳墓旁的一種塔形木牌。

那一天，老師沒再說任何話。

6

從此以後，我經常登門拜訪老師，每次造訪老師都在家。隨著和老師見面次數增多，我更加頻繁前往老師家中。

但是，老師對我的態度，從初識的寒暄到日漸熟絡之後，都沒怎麼改變。老師一直都是沉默寡言，有時過於安靜到讓人覺得他很孤絕。我從一開始就認為老師不可思議地難以親近。儘管如此，不知什麼緣故我卻一直很想親近他。也許在眾人當中，只有我一個人對老師懷有這種情感吧！然而不久過後，我這個直覺得到證明，就算被譏諷年輕也好，被人恥笑有一股傻勁也好，我卻對自己能夠看透別人的直覺感到得意。對於一個能愛的人、一個不能不去愛的人，想要一把將愛擁到自己的懷裡，卻無法展開雙臂擁抱愛的人——這就是老師的寫照。

老師就如方才我所說，一直都非常安靜，也很沉穩。但是，有時卻顯得鬱鬱寡歡，好像掠過窗戶上的黑色鳥影般，瞬間消失無蹤。我是在雜司谷墓園出其不意呼叫老師時，才發現老師眉目之間的那抹陰鬱。當我發現那種異樣陰鬱的瞬間，原本流過心頭的愉快情緒頓時凝化。不過，那只是停滯一下而已。我的心不到五分鐘，又恢復平常的彈性，我立刻把這種陰霾拋到九霄雲外。不意讓我又產生那種陰霾，是在十月小陽春將盡的某一晚。

當時，我正和老師談話，眼前忽然浮現上一次老師特意提起的那棵大銀杏樹。我暗自計算一下老師每個月前往墓園的日子，應該再過三天。那一天我剛好比較輕鬆，中午過後就沒課了。於是我對老師說道：

「老師，雜司谷的銀杏樹，葉子已經飄落了吧？」

「還沒全部落盡吧！」

老師邊回答邊看著我的表情，視線許久沒有離開。我立刻又說道：

「這次您要去墓園，可不可以讓我一起去呢？我想和老師到那附近散步。」

「我是去墓園祭拜，不是去散步。」

「順便去散步，不是也很好嗎？」

老師並不回答。過一會兒後，他才說道：「我真的只是去祭拜而已。」看來他一定要把祭拜和散步區分為兩碼子事，藉此不想讓我跟著去。那時的老師看起來真像小孩子般執拗，我又更進一步提出要求。

「就說是祭拜好了，請讓我一起去吧！因為我也要去祭拜。」

實際上，我覺得區分祭拜和散步根本毫無意義。此時，老師的眉頭又籠上一抹陰鬱，露出異樣的眼神。那不是困擾、不是嫌惡，也不是畏懼，好像是微微的不安。這猛然喚起我在雜司谷呼叫「老師」時的深刻記憶，因為兩者的表情一模一樣。

「我……」老師停頓一下又說：「我有不能告訴你的理由，我不願意和他人一起到那個墓園祭拜。連我的妻子都不曾帶她去。」

7

我感到非常不可思議。但是我並不是為了研究老師才出入他家，完全是順其自然發展。如今回想起來，那時我的態度在生活當中毋寧說是難能可貴。我認為正因為如此，才能夠和老師維持一種人與人之間的溫馨交往。假如我對老師的內心有幾分好奇而想去探究的話，想必維繫兩人之間的感情之線，即會被老師毫不容情地立刻切斷吧！年輕的我完全沒察覺自己的態度，也許因為如此才更加難能可貴吧！假如我採取的方式錯誤，兩人之間會有什麼結果呢？我光是想像都覺得恐懼。縱使不是如此，老師也總是擔心被人以冷眼剖析。

我一個月必定會到老師家兩、三趟。我頻繁前往的某一天，老師突然向我問道：

「你為什麼常常來找我這種人？」

「問到為什麼，我並沒有什麼特別的裡由。——只是，打擾您了嗎？」

「說不上是打擾。」

實際上，也看不出老師有被打擾的模樣。我知道老師的交際圈極為狹窄。我也知道那時老師在東京的同學，只剩二、三人而已。老師和故鄉來的學生偶而也會相聚一堂，不過看起來不像我和老師這般親近。

「我是一個寂寞的人。」老師說道。

「我很高興你經常來訪，才會問你為什麼常來找我。」

「這又是為什麼？」

我如此反問時，老師並不回答。只是看著我又問道：

「你幾歲？」

這些問答，對我而言實在不著邊際，那時我也沒追根究柢就回家了。不到四天，我又跑到老師家。老師一進客廳就笑著說道：

「又來了。」

「對，又來了。」

我自己說著，也笑了出來。

我想假如被別人這麼說，我一定會不高興。但是被老師這麼說，恰恰相反，我不但不生氣，反而感到很愉快。

「我是一個寂寞的人。」那一晚老師不停重複這一句話。「我是一個寂寞的人，有時候難道你不覺得自己也是一個寂寞的人嗎？縱使我很寂寞，但因為年歲大了，無法到處走動。年紀輕輕的你，卻不能這樣吧！只要能走動，就要到處去走走動，對不對？出去走動，也許會遇見什麼吧……」

「我一點也不寂寞。」

「既然沒有年輕人的寂寞感，那你為什麼常常來我這？」

說到這裡，老師又重複上次的話。

「縱使你遇到我，恐怕還是會覺得寂寞吧！因為我無法徹底消除你的寂寞，你最後還是會展開雙臂迎向別的方向，那時你就不會再來我家了。」

老師說完話後，露出落寞的笑容。

8

幸好老師的預言並未實現。毫無人生經驗的我，甚至無法理解這番預言的清楚含意。我依然頻繁地往老師家跑，不知不覺間也會在他家同桌共餐。自然而然就會和師母聊聊天。

我是一個正常的男子，對女人自是不會冷淡。不過，就少不更事的我而言，我幾乎不曾和女人有過深入的交往。雖然我懷疑是否是這個原因，以致我只對在街道上擦身而過的陌生女人感興趣。上次在門口和師母見面時，就覺得她長得很美。之後，每次見面還是同樣的印象。除此之外，我對師母並沒有什麼特別印象。

這與其解釋為師母沒特色，不如說是展現特色的機會還未到，也許比較恰當吧！不過，我始終都是以師母是附屬於老師的心情來看待她。師母好像也只把我當成一個來拜訪自己丈夫的學生看待而已。因此，若沒有老師在中間牽引的話，兩人就有一搭沒一搭的、無話可談。總之，我對初識時的師母除了很美麗的印象之外，其餘就沒有任何感覺了。

有一次，我在老師家喝酒，師母在一旁幫忙斟酒。老師的心情顯得比平日愉快，對師母說道：「妳也喝一杯吧！」就把自己的酒杯遞給她。師母遲疑地說了一聲：「我……」之後，勉為其難接過酒杯。師母蹙著美麗的眉頭，將我倒了半杯的酒端到唇邊。師母和老師開始以下的對話。

「真是難得。你很少邀我喝酒啊！」

「因為妳不喜歡啊！偶而喝一杯也不錯，會讓妳心情變好。」

「才不會，酒好苦。不過，你好像很愉快，稍微喝點酒就這樣。」

「有時會很愉快，卻也不是每次都這樣啦！」

「今晚如何呢？」

「今晚心情真好。」

「以後就每晚都喝一點吧！」

「不能這樣。」

「沒關係，就喝一點吧！因為那樣就不會感到寂寞。」

老師家裡只有夫婦兩人和一名女傭而已。每次去都是靜悄悄，幾乎不曾聽過高聲大笑的聲音。有時甚至會覺得屋子裡，只有老師和我兩人而已。

「若有個孩子該有多好。」師母向我說道。我回答：「就是嘛。」其實這話絲毫引不起我心中的同感，那時尚未結婚生子的我認為孩子只是累贅。

「那就去領養一個吧！」老師說道。

「我不要領養的孩子。」師母又向著我。

「我們恐怕不會有自己親生的孩子。」老師說道。

師母默默不語。

「為什麼？」我代替師母問道。

「因為報應吧！」老師說完，放聲大笑。

9

就我所知，老師和師母是一對感情很好的夫婦。因為我不是他們的家庭成員，當然無法了解更深入的細節，不過和我坐在客廳時，老師有事都不叫女傭，都是呼叫師母（師母的名字叫靜）。老師總是轉向紙門叫喊：「喂！靜。」這種叫法，讓我聽起來感覺非常溫柔。師母應聲出來的模樣也非常溫順婉約。偶而老師請我吃飯，師母也在場時，更明顯流露出兩人之間的鶼鰈情深。

有時，老師也會帶師母去欣賞音樂會或戲劇。就我記憶中，夫婦也曾有二、三次相偕去旅行一星期左右。我還保存著他們從箱根寄給我的風景明信片，也收到從日光寄回來一封夾著紅葉的信函。

當時，就我所看到的老師和師母之間的相處情形就是如此。其中，只有過一次例外。有一天，我像平常一樣到了老師家玄關，想請人通報時，聽到從客廳傳來有人說話的聲音。仔細一聽，並非一般的談話內容，好像是在爭執。因為一進老師家玄關後面就是客廳，所以站在格子門前的我，很清楚聽到爭執的內容。我聽出其中不時高聲說話的男人就是老師，雖然比老師聲音低的人不知是誰，感覺應該就是師母，她好像在啜泣。我不知該如何是好，站在門口猶豫一會兒，決定還是掉頭回住處。

我感到一股莫名的不安，根本無法靜下心讀書。大約一小時後，老師來到窗邊喊我的名字，我驚訝地打開窗戶，原來老師是來邀我一起去散步。我掏出剛剛放在腰帶的錶一看，已經過八點了。因為我回來後還穿著外出袴[4]，於是就這樣直接出門去了。

那一晚，我和老師一起去喝啤酒。老師的酒量原本就不好，卻喝了不少酒，其實他並非那種可以隨性喝到醉的人。

「今天心情不好。」老師苦笑說道。

「不高興嗎？」我關心地問道。

我心中始終掛念著方才發生的事，如鯁在喉般難受。我很想講出來，又覺得還是不要講的好，一直猶豫不決，我的樣子看起來坐立難安。沒想到老師竟然先開口說道：

「你今晚怎麼了？」

「其實，我也有些怪怪的，你看得出來嗎？」

我並未回答，他接著又說道：

4 日本和服的一種褲子，因褲管寬大外加打褶，因此也有人稱為褶裙。

「其實，剛才和妻子吵了一架。到現在心情還很激動。」
「為什麼……」
我沒把「吵架」兩字說出口。
「妻子誤會我。我跟她說這是誤會，她卻聽不進去。所以我很生氣。」
「怎樣誤會老師呢？」
老師並未回答我的問題。
「如果我是她所認為的那種人，我就不會這麼痛苦了。」
老師到底有多痛苦呢？這是我無法想像的問題。

10

歸途中，兩人持續沉默好長一段路。之後，老師突然開口說道：
「我真不應該。盛怒之下就跑出來，現在妻子大概很擔心吧！想來女人真可憐。妻子除我之外，沒有任何依靠。」
老師說到此，稍微停頓一下，卻也沒有期待我回答的樣子，繼續又說道：

「這麼說來，無論如何當丈夫都是比較堅強，可是總覺這樣有些滑稽。我在你眼中是怎樣的一個人呢？看起來堅強，還是懦弱？」

「感覺介於中間。」我如此回答。老師對這個答案好像感到有點出乎意料，之後不再說話，默默地走著。

回老師家的途中，順路會經過我的住處。我在拐彎的地方想和老師告別時，又覺得過意不去，於是說：「我陪您走回家吧！」老師一聽，立刻以手擋住我。

「很晚了，早點回去吧！我也要趕快回家，為了妻子。」

老師最後加上那句「為了妻子」，讓我的心奇妙地溫暖起來。也因為這句話，我回去後才能安心睡覺。此後很長一段時間，我一直忘不了這句「為了妻子」。

我因此明白老師和師母所發生的這場風波，並沒有什麼大不了。此後經常出入老師家的我，也可以推測出這是很少發生的事。不僅如此，老師有一次還對我說出那時候的感觸。

「在這世上，我只有一位最親近的女性，除了妻子，幾乎沒有其他女人可以打動我。我想，妻子也是把我當成是全天下唯一的男人。從這個角度說來，我們應該是世間最幸福的一對夫妻才對。」

現在我已忘記老師說這話的始末，所以不清楚他為何告訴我這件事。但是，當時老師的認真態度和沉穩的語調，至今仍留在我的記憶中。那時聽來總覺有些異樣，就是最後那句「我們應該是世間最幸福的一對夫妻才對」。老師為何不說自己是幸福的人，反而說「應該」是幸福呢？我對此感到很疑惑，特別是對老師加強語氣的說法感到不解。事實上老師很幸福嗎？或者應該很幸福卻不是很幸福？我的心中不免產生疑惑，不過一陣子過後也就不以為意了。

之後，有一次我前往老師家中，碰巧他不在，因此和師母有了單獨談話的機會。那一天老師的朋友從橫濱搭船出國，老師到新橋去送行而不在家。當時到橫濱搭船的人，通常會在新橋搭乘八點半的火車出發。我因為有一些書本上的問題要請教老師，事先得到他的應允，照約定九點到他家。前一天，老師的友人特地跑來告別，老師認為禮貌上應該到新橋去送行，而臨時決定這樣的行程。老師很快就會回來，所以交代我留在他家等他。我坐在客廳等候老師的空檔，就和師母聊了起來。

11

那時我已經是大學生，比起初到老師家時的樣子，感覺自己已經成熟許多，和師母之間也變得熟絡些。因此在師母面前也不覺得拘束。雖然和師母談了很多，因為不是什麼特別的內容，如今幾乎都忘光了。但是，其中有件事卻令我耿耿於懷。不過，要講述這件事之前，我有另一件事得先說明一下。

我一開始就知道老師是大學畢業。不過，老師整日待在家裡無所事事，卻是回到東京一陣子後才知道。那時我也納悶老師為何不找份工作？

老師並非一位知名人士，因此有關他的學問和思想，除和他親密接近的我之外，應該沒有人會對他懷有敬意。對此，我常說好可惜啊！老師只回答「像我這樣的人是無法出人頭地」，就不理我了。我覺得他的回答過於謙虛，聽起來有一種憤世的感覺。其實，老師經常毫不客氣批評如今已功成名就的老同學。因此我也會直接舉出他的一些矛盾。我這種心態與其說是反抗，不如說是對於世間人不了解老師而感到遺憾。老師卻以消極的語氣說道：「因為我根本是一個沒資格在社會工作的人，真是莫可奈何。」老師的臉上浮現出意味深長的表情，雖然我不知道這是失望？不平？還是悲哀？由於老師的說法令人錯愕，我也沒勇氣追問下去。

我和師母閒聊之間，自然而然就把話題轉到老師身上。

「老師為什麼只願待在家裡沉思、讀書，而不出外工作呢？」

「他不願意啦！他討厭那些俗事。」

「老師是不是認為那些事很無聊？」

「是不是這樣，不是我這個婦道人家能夠理解，可能不是這種想法吧！我覺得他還是會想做些什麼事吧！只是無法放手去做所以才可惜啊！」

「看起來老師很健康，身體上沒有什麼不適吧？」

「當然很健康。沒有任何毛病。」

「那為什麼無法放手去做呢？」

「那就不知道了。假如我知道的話，就不會為他擔心。正因為不知道，才會覺得很可惜。」

師母的語氣帶有同情，即使如此，她的嘴角仍帶著微笑。若從表情來看，我的態度還比較認真嚴肅。我露出難解的表情，默默無言。此時，師母突然好像想起什麼事般，開口說道：

「他年輕的時候不是這樣的人，現在的他跟年輕時候判若兩人，整個人都變了。」

「年輕時候？是什麼時候？」我問道。

「學生時代啊！」

「您從學生時代就認識老師嗎？」

師母的臉上突然泛起微微的紅暈。

12

我曾從老師和師母的談話中，得知師母是東京人。師母卻說：「嚴格說來，我是混血兒。」因為師母的父親出生於鳥取縣還是其他什麼地方，母親則是出生於東京還被稱為江戶時的市谷，所以師母才會半開玩笑說自己是混血兒。老師則是來自完全不同方向的新潟縣。若是如師母所說學生時代就認識，很明顯就不是因為同鄉而結識。因為臉泛紅暈的師母好像不願再講下去，我也不便繼續追問。

從認識老師到老師逝世，我確實因各種問題而觸及老師的思想和情操，對於他們結婚當時的狀況卻未有所聞。有時候，我善意解釋，可能因為老師是長輩，不方便將年輕時的艷事講給我這個晚輩聽。有時候，我也會惡意認為，不僅是老師和師母，成長於封建社會的上一代，沒有勇氣誠實地公開自己的青春騷事。其實，無論哪一種情結，都不過是我的猜測而已。然而我還是想像無論哪一種情況，兩人的婚姻背後必定有一段美麗的浪漫史。

我的想像果真無誤。但是我所能想像的只不過是他們戀愛中的部分而已，老師在那美麗戀愛的背後，卻有一件可怕的悲劇。這件悲劇對老師有多大的打擊，師母卻完全不知情。至今，師母依然不知道。老師刻意隱瞞這件悲劇獨自死去。老師在毀壞師母的幸福之前，先摧毀了自己的生命。

現在我也不去談這件悲劇。如同方才所說，毋寧說兩人的戀愛是因那件悲劇而產生。他們兩人幾乎都不曾向我提起這件事，因為師母非常謹言慎行，老師則有比謹言更深層的理由。

不過，有一件事還殘留在我的記憶當中。有一年花季，我和老師一起到上野。在那裡看到一對俊男美女，甜蜜依偎地漫步花下。不過畢竟那是公共場所，在那種地方如此親密，引來很多人的側目，大家不賞花反而注視著這對男女。

「好像是新婚夫妻。」老師說道。

「看起來很恩愛。」我回答道。

老師連苦笑都笑不出來。把視線轉到這對男女之外，然後問道：

「你戀愛過嗎？」

我回答沒有。

「不想戀愛嗎？」

我沒有回答。

「不會不想吧！」

「嗯。」

「現在你看到這對男女，帶有些嘲弄的意味。在那嘲弄中，交雜著你想戀愛卻找不到對象的不滿。」

「您感覺是那樣嗎？」

「對。假如戀愛過又滿意於自己戀情的人，講出來的話會更溫馨。但是……但是，戀愛是罪惡，你明白嗎？」

一時之間，我感到非常驚訝。一句話也答不出來。

13

我們走在人群之中，大家的神情看似喜悅。之後穿過人群，走到無花也無人的樹林裡，我一直沒機會再追問剛剛的話題。

「戀愛是罪惡嗎？」我突然問道。

「確實是罪惡。」老師和剛才一樣，語氣堅定。

「為什麼？」

「說到為什麼，你很快就會明白。不！你應該已經明白。你早已經情竇初開，不是嗎？」

我捫心自問，內心卻感到一片空虛，絲毫感覺不出有什麼情竇初開。

「我的心中根本沒有愛慕的對象，我對老師沒有任何隱瞞。」

「因為沒有對象才會心動，若是有對象的話就會安定下來。」

「我並不覺得現在有什麼心動。」

「因為得不到滿足，你才會來找我，不是嗎？」

「也許是吧！不過，那和戀愛不一樣。」

「這是戀愛前的階段。作為結交異性的步驟，就是先找我這一個同性。」

「我認為這兩者的性質完全不相同。」

「不。這是一樣。我是一個男人，所以無法滿足你。因為又有些特別的事情，更無法滿足你。實際上，我感到很抱歉。有一天你終究會離開我到別的地方，雖然無可奈何，我倒是希望有這樣的結果。但是……」

聽完此話，我感到很難過。

「假如我有要離開老師的意思，那就沒話說。可是我根本就沒有這種想法。」

老師根本聽不進去我所說的話。

「你一定要小心。因為戀愛是罪惡，在我這裡得不到滿足，反而不危險。——你知道被長長黑髮所束縛時的心情嗎？」

雖然我可以想像，事實上卻不知道。總之，老師所謂罪惡的意義，模糊得令我無從理解。因此，我開始感到有些不愉快。

「老師，請您把所謂罪惡的意義說得更清楚些，否則我們就不要再談這個話題，除非我自己明白所謂罪惡的意義。」

「我說了不該說的事。我想對你說出真實的話，卻讓你感到焦慮，真是抱歉。」

老師和我從博物館後方，慢慢往鶯溪的方向走過去。從籬笆縫隙可以看見寬敞庭園的局部，種植著茂盛的山竹，四周顯得非常幽靜。

「你知道我為什麼每個月都到雜司谷墓地去祭拜嗎？」

老師提起這事未免太突然，何況老師也很清楚我根本無法回答。我默不作聲，老師好似也察覺到，自己又說道：

「我又說了不該說的話，讓你感到焦慮困惑，真是抱歉。我想解釋，不過解釋之後可能會讓你更為焦慮。真是沒辦法，這個話題就此打住吧！總之，戀愛是罪惡的，戀愛也是神聖的，你要好好記住。」

我更加不明白老師的話了。不過，老師就此閉口不再談論戀愛的事情。

14

年輕的我，碰到事情很容易鑽牛角尖。至少老師眼中的我，就是這種個性。我認為與其到學校上課，還不如和老師談話收獲更多。比起教授的意見，老師的思想更令人欽佩。總之，比起站在講台上指導我們的那些高高在上的人，還是孤獨寡言的老師更值得尊敬。

「不要太過於熱中某種事物。」老師說道。

「這是我覺醒後的結果。」我相當自信地回答。老師並不認同那份自信。

「你太過於熱中某種事物，熱度一退就會感到厭煩。我一想到你的這種情形就覺得難過。但是一想到你今後可能的變化，更覺得難過。」

「我是這般膚淺？這般不可信賴嗎？」

「我只是覺得難過。」

「您是說覺得難過卻不相信我嗎？」

老師困惑地將視線轉向庭院。前陣子，庭院裡開著一朵朵艷紅茶花，如今已不復見。老師經常會從客廳凝視著那些茶花。

「你說我不相信你，我並不只是不相信你，而是不相信所有的人。」

此時，從樹籬傳來金魚小販的叫賣聲。除此之外，聽不到任何聲音。從大馬路轉進這條不長的小路，周圍意外地安靜。屋內也像平日般靜悄悄，我知道師母就在我們的隔壁房間，默默做些女紅或其他瑣事，她也聽得見我們的談話。但是，我全然忘記師母還在隔壁房間的事。

「那麼，您也不相信師母嗎？」我問道。

老師露出稍顯不安的表情，不直接回答我的問話。

「我連自己都無法相信。換句話說，連自己都不相信自己的人，當然無法相信別人。除了詛咒自己外，沒有其他辦法。」

「假如思考到如此複雜，確實沒有任何人值得信賴吧！」

「不是思考，而是經歷。親身經歷過後很訝異。結果是如此可怕啊。」

我想回到剛才的話題，從紙門那一頭傳來師母呼喚了兩次老師的聲音。「什麼事？」老師聽到第二次呼喚時答道。「有一點事。」師母請老師過去。我不知道兩人之間，到底是什麼事？不過還來不及思索，老師就回來了。

「總之，不要太相信我啦！否則以後會後悔。因為對付欺騙自己的人，復仇手段會很殘酷。」

「那是什麼意思？」

「曾經跪求某人的記憶，會讓你以後想踩在某人的頭頂上。我為了將來不受到侮辱，所以拒絕現在被尊敬。我不想忍受比現在更深的寂寞，所以忍受現在的寂寞。我們出生在這個充滿自由、獨立、利己的現代，其犧牲就是大家都要忍受這種寂寞吧！」

我面對有如此覺悟的老師，真不知該說什麼才好。

15

此後，我每次碰到師母，不禁就有些憂心。難道老師始終都以這種態度對待師母的嗎？果真如此的話，師母是否滿意？

從師母的樣子看不出滿意還是不滿意，我沒機會與她有更親近的接觸，每次見面她都很平靜，看不出不滿意的模樣。更何況老師不在時，我根本不可能見到她。

我的疑惑不止如此。老師對人性的覺悟，到底從何而來？僅是冷眼自我內省和觀察現代的種種現象所得的結果嗎？老師是一位善於靜坐思考的人，以老師的聰明才智，這種人生態度當然有可能是經由思考世間百態所得來的吧！不過，我卻不這麼認為。總覺得老師的覺悟好像是一種親身體驗的覺悟。因為老師的覺悟不像紙上談兵般脆弱，反而像是有種經過千錘百鍊般的堅定意志支撐其中。我眼中的老師確實是一位思想家，不過這位思想家所歸納的主張背後，好似交織著強而有力的事實。那並非與自己無關、發生在別人身上的事實，而是和自己有切身之痛，能夠讓熱血沸騰、脈搏靜止的事實，潛藏在他內心深處。

這並不是我個人的臆測，老師自己也如此告白。只是他的告白有如雲霧籠罩的山峰，遮蔽著一個超乎我所認知的可怕真相。我也不知道為什麼覺得可怕，雖然老師的告白很模糊，我卻明顯被震撼了。

我假設老師這種人生觀的基點，源於某一個驚濤駭浪的戀愛事件（當然是發生在老師和師母之間）。因為參照老師所謂戀愛是罪惡的說法，多少應該有些關連。不過，老師曾向我告白他深愛師母，所以兩人的戀情應該不致覺悟出這種近乎厭世的觀念。老師曾說「曾經跪求某人的記憶，會讓你以後想踩在某人的頭頂上」，這句話適用於現代的任何人身上，好像又不適用於老師和師母之間。

雜司谷那個不知是何人的墓地——這也時常縈繞在我腦海中，我知道那墓地中是一位和老師因緣很深的人。企圖接近老師的生活，卻無法接近其思想的我，自然也將那座墓化為老師生命片段之姿，融入我的心底。但是對我而言，那座墓地根本就是已死之物，無法成為開啟兩人生命之扉的鑰匙。毋寧說它是擋在兩人之間，妨礙自由來往的魔物。

在那種情況下，我可以和師母單獨談話的機會又來了。那是白晝逐漸縮短的秋天，任誰都感覺到已是寒冷的季節。老師住家附近接連三、四天都發生竊盜，而且都發生在傍晚時分。雖然沒有什麼貴重物品失竊，但小偷潛入屋子卻一定會拿走些什麼財物。師母非常害怕，卻偏偏碰上老師有事必須晚上出門。老師因為一位任職地方醫院的同鄉友人來東京，而必須和其他兩、三個友人一起與老同鄉聚餐。老師說明原因，拜託我在他回去前幫忙看家。我立刻答應。

16

我前往老師家時，已經是萬家燈火的夕暮時分。嚴守時間的老師已經出門。「他說遲到不好意思，所以先出門了。」師母領著我走向老師的書齋。

書齋內除了西式桌椅外，燈光透過玻璃照在並列擺放的皮革封面洋書。師母要我坐在火爐前的坐墊上，「請隨意看看這裡的書。」師母說完話即轉身離去。我感覺自己好像坐等主人歸來的訪客般的不自在，拘謹地抽著菸。坐在書齋可以聽到師母在茶間和女傭說話的聲音。書齋位於茶間廊下盡頭轉彎處的角落，就整棟屋子而言，離客廳較遠，所以很安靜。當師母的談話聲停下來後，顯得十分寂靜。我以一種等待小偷到來的心情，一動也不動地注意周圍的動靜。

大約三十分鐘後，師母從書齋門口探頭，略帶詫異的表情叫了我一聲。大概是看我像個客人般正襟危坐，而覺得好笑。

「這樣太拘束了吧！」

「不。不拘束。」

「不過，很無聊吧！」

「不。心想小偷可能會來，很緊張所以不會無聊。」

師母端著紅茶，笑盈盈站在那裡。

「這裡是屋子的角落，我覺得在這裡看守不太對。」我說道。

「這是我失禮了，那麼就請到屋子的正中間吧！我怕你無聊，所以泡了茶來，不嫌棄的話請一起到茶間喝茶，好嗎？」

我跟在師母後面走出書齋。茶間裡，有一個漂亮的長形火爐，火爐上的鐵壺正發出沸騰的聲響。我就坐在那裡享用茶與點心。師母怕晚上睡不著，不敢喝茶。

「老師常常出門參加這種聚會嗎？」

「不。很少參加。他最近，愈來愈討厭跟別人碰面。」

雖然師母這樣說，卻看不出有特別困擾的樣子，所以我大膽地追問。

「那只有師母是例外嗎？」

「不。我也是他所討厭的人之一。」

「不要騙我。」我說道。「師母自己也知道不是這樣，卻故意這麼說的吧！」

「怎麼說？」

「若要我說，因為老師喜歡師母，所以才討厭世間人。」

「你是有學問的人，很會講話，不過都是一些空泛的理論。為何不說老師因為討厭世間人，所以連我也討厭？這是同樣的道理。」

「兩種情形都有可能，不過我說的才正確。」

「我不喜歡辯論啦！只有男人才擅長辯論，而且還樂此不疲。這就好像拿著一只空酒杯，還毫不厭倦地到處敬酒。」

師母所說的話，有一點言過其實。雖然有點刺耳，不過，那些話聽起來倒也不是很偏激。師母並不像那些現代女性，非要對方認同自己的想法，也不會處處表現出一種優越感。看起來，師母的內心深處好像隱藏著一件很重要的事情。

17

原本我還有話要說，可是怕師母誤認我是好辯之徒，於是就此作罷。師母看到我默默望著喝完茶的空杯，於是問道：「要再來一杯嗎？」我立刻把杯子遞給師母。

「要幾塊糖？一塊，還是兩塊？」

師母夾著方糖看著我，問說要加幾塊方糖時，我有一種很奇妙的感覺，雖然師母並非對我撒嬌，但是充滿愛嬌的態度，一掃方才講話的強烈口吻。

我默默地喝茶。喝完茶後還是默不吭聲。

「怎麼變得那麼沉默？」

「不論我說了什麼或是議論什麼，似乎都會被駁斥。」我答道。

「哪會啊？」師母說道

兩人開始又以此為話題，交談了起來，接著又把話題轉到兩人都有興趣的老師身上。

「師母，可不可繼續剛才那話題呢？也許師母聽起來像是空泛的言論，不過我並非喜愛虛無空談的人。」

「說說看吧！」

「假如現在師母突然不在的話，老師還能像現在這樣生活嗎？」

「那就不知道了。那種事除了問老師外，誰都不知道。不應該問我啦！」

「師母，我是認真的，所以請您不要逃避問題，老實回答我。」

「我也是老實回答。老實說，我真的不知道。」

「那麼，師母到底有多愛老師呢？這個問題就該問師母，而不是去問老師了。」

「那種事不能如此直接問呀！」

「您的意思是不必問也很清楚嗎？」

「嗯，對啦！」

「您對老師這般盡心，假如突然不在了，老師會怎樣呢？您突然不在後，討厭世間人的老師，到底會變成怎樣？這不是以老師的立場，而是以您的立場來看，老師會變得幸福，還是不幸呢？」

「從我的立場來看，這是很清楚的啊！（也許老師不這麼認為）老師離開我，只會變得不幸福。也許根本活不下去。這樣說來，好似自我感覺良好，不過我是竭盡心力讓老師幸福，我認為不管誰都無法像我一樣讓老師幸福。正因為如此，我可以平靜過日子。」

「我認為老師理應清楚這一點。」

「那是另一回事啦！」

「您還是覺得老師討厭您嗎？」

「我不認為自己被討厭，因為沒有被討厭的理由。不過，老師討厭這個世間啊！最近，與其說是討厭世間還不如說是討厭世間人吧！因為我也是世間人，所以他也不喜歡我，不是嗎？」

師母所謂討厭的意思，我終於明白了。

18

我很佩服師母的理解力。師母的態度不像傳統舊式女性，所以引起我的注意和刺探。雖然如此，師母卻完全不使用最近開始流行的所謂新用語。

我是一個不曾和女性有深入交往、不諳世事的年輕人。以身為男性的我，對異性的本能反應，還停留在憧憬式的幻想。那就好像眺望令人思慕的春天雲彩般的心情，不過卻有如夢幻般的虛無朦朧。因此當現實中的女性出現時，我的感情往往會起變化。我非但不被出現在眼前的女性所吸引，反而會產生一種奇怪的排斥感。我對師母卻沒有那種排斥感，幾乎也沒有一般普通男女之間的思想差距，有時甚至會忘記師母是女性，我把她當成是一位對老師很忠實的批評家和同情者。

「上次我問師母，老師為什麼不到外頭活動呢？您曾說過老師以前不是這樣的人。」

「對啊！曾說過。其實，他以前不是這樣的人。」

「到底發生什麼事呢？」

「老師曾經就像你期望的，也是我所期望的，是個有作為的人。」

「那為什麼突然改變？」

「不是突然改變，而是慢慢變成這樣子。」

「師母不是一直都跟老師在一起嗎？」

「當然在一起，因為是夫妻嘛！」

「那應該知道老師改變的原因吧！」

「我正因為這件事感到很苦惱。被你這麼一說，還挺心酸的，無論我怎麼思索，都想不出原因，至今我也不知問過他多少次了。」

「老師怎麼說呢？」

「他只說沒事，不必擔心，這只是他原本的個性之類的話敷衍我。」

我沉默不語。師母也不再說下去，一直在傭人房的女傭也沒發出任何聲音，我幾乎忘記小偷的事。

「你是不是覺得我該負責任？」師母突然問道。

「不。」我回答。

「請你坦白告訴我，否則我會更難過。」師母話一說完，又說道：「雖然我對老師已經是盡心盡力了。」

「老師也知道您的盡心，所以請安心，我保證是真的。」

師母撥一下火爐中的炭灰，然後把水注入鐵壺，此時鐵壺的沸騰聲突然靜下來。

「有一次，我終於忍不住問老師，如果我有什麼缺點，請坦白告訴我，我一定會改過。老師卻說妳沒有缺點，有缺點的人是我。他這麼一說，我也無可奈何只能傷心落淚，卻更想問清楚自己錯在哪裡。」

這時，師母已經是淚水盈眶了。

19

一開始，我認為師母是一位明理的女性。但在對話中，對師母的印象漸漸改變。師母不再與我說理爭論，我開始被師母的深情感動。自己和丈夫之間沒任何怨懟、也沒什麼不滿，卻總覺哪裡有問題。她自己想睜大眼睛看清楚，結果一無所獲。這就是師母痛苦的地方。

師母起初認定老師是一位厭世主義者，所以才會連自己都討厭。雖然她如此認定，卻又不甘願相信。百般思索後，認為事情正好相反。師母推測老師是討厭她，所以才討厭世間。但是無論如何費盡心力，她總找不到事實來證明。老師一直都是一位好丈夫，態度溫柔又體貼。在夫妻生活中，師母只能把自己的疑惑隱藏在內心深處，直到那一晚才對我坦露了她的苦惱。

「你認為呢？」師母問我後，繼續又說道：「到底是我讓他變成那樣？還是你所謂的人生觀之類所造成的呢？請你坦白告訴我。」

我絲毫不想隱瞞，卻感覺到其中存在著我所不知道的事情，無論我的答案如何，都無法讓師母滿意。因為我相信其中一定有我所不知道的事情，所以回答：

「我不知道。」

師母瞬間露出期待落空的可憐表情，我趕緊又說道：

「但是，我可以保證老師並不討厭師母。這是我把老師親口說的話告訴您，老師不是那種會說謊的人啊！」

師母未置可否，一會兒後說道：

「其實，我有想到一件事……」

「是老師之所以變成那樣的原因嗎？」

「對。假如是因為那件事的話，就不是我的責任了，我也能鬆一口氣……」

「到底是什麼事？」

師母難以啟齒地看著放在膝蓋上的手。

「我說給你聽，你來判斷一下。」

「當然，要是我可以判斷的話。」

「大家都不敢提，因為說了會挨罵。我只說不會挨罵的部分。」

我緊張地猛吞口水。

「老師在大學時，有一位非常要好的朋友。那位朋友卻在快要畢業前過世，而且死得很突然。」

師母好像在對我耳語般低聲說道：「其實是死於非命。」她說話的語氣好像非得讓人問「為什麼？」不可。

「我只能說到這裡。不過，老師的個性就是自從發生那件事後才漸漸改變。我不知道那位朋友為什麼會死？老師恐怕也不知道吧？可是老師自從那件事以後才改變，我才不得不這麼認為。」

「難道雜司谷的墓就是那個人的嗎？」

「這件事，我不能說。但是有人會因為失去一位好朋友，而有那麼大的改變嗎？我非常想知道，所以想聽聽你的判斷。」

我的判斷當然傾向否定。

20

我盡可能就自己所掌握的事實來安慰師母。師母似乎也很希望得到我的安慰。不過，兩人雖然一直談論相同的問題，我卻抓不到事件的根本。師母的不安正是從那充滿謎團的疑惑中所產生出來。師母本身對於事件的真相所知不多，縱使知道也無法全部告訴我。因此，無論是安慰人的我，還是被安慰的師母，宛如在起伏的波浪中浮沉搖晃。在這種情形下，師母卻伸出手要抓住我那毫無把握的判斷。

約莫十點左右，從玄關傳來老師的腳步聲，師母像是要忘記剛才所談論的一切，把我丟在一旁，趕緊起身拉開格子門去迎接老師。留在原處的我也站起來，跟在師母後頭走過去。女傭可能在打盹兒，始終沒出來。

老師的心情好像很愉快，不過師母的神情看來更開心。我用心觀察剛才梨花帶雨、眉頭緊鎖的師母，那種異乎尋常的變化。假如那不是欺騙的話（實際上，我不認為是欺騙），師母方才所訴說的一切，我不得不認定這是以感情情緒來玩弄我的一種女性遊戲。不過，那時候我絲毫沒有要批評師母的意思。不如說我看到師母笑顏逐開的模樣，終於放下心中的大石頭，我想自己就不必再擔心了。

老師笑道：「辛苦了，小偷沒來嗎？」接著又道：「會不會因為沒有，感到很沒趣？」

我要回去時，師母輕輕點頭說：「實在抱歉。」聽起來她的口氣，與其是對我抽空來看家感到抱歉，不如說是因為小偷沒來而感到抱歉地半開玩笑的口吻。師母邊說邊把剛才招待我還有剩的西點，用紙包起來遞給我。我把它放進和服袖袋，快步穿過人跡稀少的寒夜小巷，朝熱鬧的街町走去。

當晚，我把所有記得的細節詳實記下來。我認為這有必要，所以才寫下來。但是，老實說從師母手中接過西點時，我感覺當晚的談話並沒有那麼重要。翌日，我從學校回家吃午餐，看到昨夜放在桌上的西點，立刻拿起其中塗著巧克力的蛋糕大快朵頤。我邊吃邊有一種感覺，送我西點的這兩位男女，算是世上一對幸福的夫妻。

秋盡冬來，日子在平靜中度過。我經常出入老師家裡，有時順便麻煩師母洗衣服或修改衣服。從來不曾穿過襦袢[5]的我，也開始在襯衫上披上黑領的衣物。沒有

5 和服下貼身穿著的衣衫。

孩子的師母，以幫忙我這些事來排遣寂寞，對她未嘗不是一件好事。

「這是手工織品喔！從來沒縫過材質這麼好的衣物，很難縫。針都縫不過去，已經縫斷二根針了。」

雖然師母如此抱怨，卻絲毫沒有任何不悅的表情。

21

入冬之後，有件事讓我不得不返鄉。因為母親來信中寫道，父親的病情似乎不太樂觀，雖說目前還不必擔心，但到底是上年紀的人，可以的話，希望我還是回家一趟。

父親早有腎臟病。就像中年以後的人常見的狀況一樣，父親這病是慢性病。他自己和家人都深信只要小心防範，就不至於有突發狀況。所以父親經常向來客吹噓自己養生有方，才能夠經歷苦痛活到現在。母親在信中提及，前些日子父親走出庭院時，不知為何突然暈眩倒地。家人誤以為是輕微腦溢血，立刻以此進行治療。後來經醫師診斷，才知道並非腦溢血，還是因為宿疾引發的結果，這次的暈倒和腎臟病有很大的關連。

由於離寒假還有一段時間，我想等學期結束後再回去應該也無妨，就這樣拖了一、兩天。可是在這一、兩天當中，父親臥病的模樣和母親擔心的愁容，不時浮現在我眼前。我受不了那種心裡糾結之苦，終於決定還是回家一趟。為省去從故鄉寄車費來的時間和麻煩，我決定去向老師道別，順便跟他借車資。

老師那天有點感冒，懶得走到客廳，於是叫我到書齋。久違的和煦冬陽從書齋的玻璃窗照射在桌面上，老師在屋內放置一個大火爐，三腳架上擺了一個金屬臉盆燒開水，老師藉由冒出來的水蒸氣避免呼吸困難。

「生一場大病倒好，這種小感冒反而令人討厭。」老師苦笑地看著我說道。

老師不曾生過什麼大病，所以他的這一番話，讓我覺得好笑。

「我可以忍受感冒這種小毛病，可是不希望生大病。老師應該也一樣吧！假如您生大病的話，就會同意我的說法。」

「是嗎？若是生病的話，我希望乾脆罹患絕症。」

當時我並未特別再意老師話中之意，隨即提及家母來信的事，並向他表達我想借盤纏之意。

「真是難為你了。這點錢手邊應該還有，先拿去用吧！」

老師隨即呼喚師母，請她拿取我所需金額。師母從內房的茶器櫃之類的抽屜拿出錢，並且鄭重其事地擺放在白紙上。

「你一定很憂心吧！」師母說道。

「你父親是不是暈倒過很多次呢？」老師問道。

「信上沒說。——這種病會經常暈倒嗎？」

「是啊！」

這時，我才知道原來師母的母親，因為罹患和我父親同樣的病而過世。

「看來很難醫治吧！」我說。

「好像是吧！若是我能替她受罪就好了。——有沒有噁心的症狀？」

「不知道，信中什麼都沒寫，大概不會吧！」

「只要沒有噁心的症狀就不要緊。」師母說道。

當晚，我即搭火車離開東京。

22

父親的病情沒有想像中嚴重。我到家時，父親盤腿坐在床上說道：「我是怕大家擔心，才忍耐一直待在床上，其實我根本就可以下床了。」翌日，他不顧母親的阻止，還是下了床。母親不情願地疊著粗綢棉被，邊說道：「你父親因為你回家，才突然逞強了起來。」不過，我並不認為父親的舉動是在虛張聲勢。

大哥遠在九州工作，非到萬不得已的情況下，無法隨時回家探望父母親。妹妹遠嫁他鄉，也不是隨時就可以要她回來。三個兄妹當中，只有還是學生的我，比較方便回鄉探親。我依照母親的吩咐放下課業趕在寒假前回家一事，讓父親感到非常欣慰。

「因為這一點點病就要你請假回家，真是不好意思。都是你母親在信上寫得太誇張了。」

父親如此說道。不但如此，他還要母親把舖被收起來，表示自己和往常一樣健康。

「不要大意而讓病情惡化。」

我的關心讓父親心情大好，不過他只願稍稍接受我的提醒。

「哎呀！沒事的。只要像往常一樣小心就沒問題。」

實際上，父親看起來也像沒問題的樣子。他在家中自由走動，既不喘也不感到暈眩。只是臉色比一般人差些。因為這也不是現在才有的症狀，所以我並不特別在意。

我寫信給老師，感謝他預借旅費給我，並告訴他我回東京後就會歸還，請他稍候。我還寫道父親的病情沒有想像中嚴重，暫時可以放心，因為既沒有暈眩也沒有嘔心等症狀。最後，問候老師感冒的情形，請他保重。實際上，我認為老師的感冒根本不算什麼。

我寄出信時，完全沒有期待老師會回信。信寄出去後，與父母親談起老師的種種事情，並遙想老師正在書齋的情形。

「這次回東京時，帶點香菇送給老師吧！」

「可是，不知道老師吃不吃香菇？」

「雖然不是山珍海味，倒也沒人討厭香菇吧！」

把老師和香菇連接在一起，有種奇怪的違和感。

當我收到老師的回信時，感到有點吃驚。特別是信中內容並沒有提到什麼特別重要的事情，更感到驚訝。我想老師只是為了表示關心才回信吧！雖然如此，這麼簡單的一封信，著實讓我非常開心，因為這是我收到老師的第一封信。

我說第一封信，也許有人會認為我時常和老師有魚雁往返，事實上並非如此。我得先說明一下，老師生前只寫給我兩封信，其中之一就是這封內容言簡意賅的回信，另一封則是老師臨死前，特意寫給我的一封非常長的遺書。

因為父親的病狀不適合運動，縱使下了病床後，也幾乎足不出戶。在一個暖和的午後，父親走到庭院，我怕萬一發生意外，於是陪伴在一旁。我擔心地要父親把手放在我的肩膀上，父親卻笑笑地拒絕了。

23

我經常陪伴無聊的父親下棋。由於兩人都懶，所以就躲在暖桌裡，把棋盤放在木架上，每下一只棋，就得特地從蓋被中把手伸出來。我們時常把贏來的棋子弄丟，直到下一次對陣才發現棋子短少。也曾發生過母親在火爐灰燼中發現棋子，用鉗子夾起來的滑稽事情。

「因為圍棋的棋盤過高又有腳，放在暖桌上根本無法玩，還好我們有將棋盤，放在暖桌上，也能輕鬆享受下棋的樂趣。對我們這種懶人來說，將棋真方便。再下一盤吧！」

父親每贏必說：「再來一盤。」縱使輸了也說：「再來一盤。」換句話說，他就是無論輸贏，都想躲在暖桌裡繼續下棋的人。剛開始，因為覺得很新奇，所以對這種頗有隱居氣氛的娛樂，還覺得挺有趣的。但是過一陣子後，這種刺激已經無法滿足年輕氣盛的我。我常常把握著「金將」或「香車」棋子的拳頭舉在頭頂上，忍不住打起呵欠。

我一想起東京，就會聽到熱血沸騰心臟嘣嘣律動。不可思議的是在律動聲中，微妙的意識狀態裡，感受到老師強大的力量。

我在心中比較著父親與老師。從世間的角度來看，兩者都是令人感覺不出他們存在與否的溫和之人，也都沒有世人認同的地方。雖說如此，這位愛下棋的父親，即使單純作為我的娛樂夥伴，也已經無法滿足我，但是從來不曾一起遊樂交際的老師，卻有更甚於遊樂交際所產生的親密感，而且他在不知不覺中影響我的思想。若說「思想」未免過於冰冷，我想還是更改為「感情」較為妥當。縱使說老師的力量已經深入我的肉體，縱使說老師的生命已經流入我的血液，對當時的我而言，這些話一點也不誇張。父親是生我、養我的親身父親，不用說老師只是一個外人，當這般明白的事實並列我眼前時，我好像發現真理般驚訝不已。

當我開始覺得無聊、無所事事時，原本在父母眼中寶貝兮兮的我，漸漸也回歸正常不再受寵了。這是任何暑假回鄉的人，都曾有過的經驗，通常剛回鄉的第一週，家人莫不極盡心思款待，越過「蜜月期」後，家人的熱情也開始冷淡下來，最後更是在不在都無所謂，隨隨便便敷衍了事。我待在家裡的日子，算算也已經過了「蜜月期」了。而且我每一次回家，總會從東京帶回一些父母親所不了解的奇怪習性。假如以往昔的說法，就好像把基督徒的習性帶到儒者的家中般，我帶回來的習性總是和父母親格格不入。我當然會將那些習性隱藏起來，不過一旦變成自己的一部分，雖然極力不讓它流露出去，終究還是會被父母親發覺。這樣的生活，不禁讓我開始覺得乏味，一心一意只想趕快回東京。

父親的病還是維持現狀，看不出有惡化的模樣。為謹慎起見，特地從遠地請來一位專科醫生慎重診察，果然除了我所知道的病情外，並無其他異狀。我決定在寒假結束前離鄉。人的感情真是很奇妙，當我離鄉的話一出，父母親都反對。

「要回東京了嗎？還早不是嗎？」母親說道。

「再待個四、五天，也還來得及開學啊！」父親也說道。

我堅持在自己決定的日子動身返回東京。

24

回到東京時，新年擺在門口的松飾都已撤掉。走在大街上寒風刺骨，完全沒有新年的熱鬧氣氛。

我立刻前往老師家還錢，也順道帶著那包香菇。拿出來的時候總覺得怪怪的，所以特別聲明這是家母要我送來的，然後放在師母面前。香菇裝在嶄新的糕餅盒內，師母客氣地答謝後，起身要到隔壁房，順手拿起來時，因為太輕而感到驚訝地問道：「這是什麼糕餅呢？」師母跟熟人應對時，就會在這種地方流露出小孩子般的坦率。

我和老師討論父親各種讓人掛心的病狀，老師如此說道：

「聽起來，你父親的病情，現在是沒什麼問題，不過生病就是生病，不能不多加注意。」

有關腎臟病的症狀，老師知道許多我不知道的事。

「雖然已經罹病，自己卻未察覺而不在乎，正是腎臟病的特徵。我認識一位士官也是因此而過世，他突然離世簡直像作夢般不真實。睡在身旁的妻子都來不及照顧他，他只是半夜叫醒妻子說有一點不舒服，隔天早晨就死了。而他的妻子還一直以為丈夫睡得正甜呢！」

原本樂觀看待的我，突然感到些許不安。

「家父也會那樣嗎？誰也說不準吧！」

「醫生怎麼說？」

「醫生說無法根治，不過目前暫時沒問題。」

「那就好。醫生都這麼說，我方才講的話不必放在心上。何況那位士官是一個生活相當不規律的軍人。」

聽完老師的話，我才稍微放心。一直注意我一舉一動的老師，又加上一句：

「但是，無論是健康還是生病，人都是很脆弱的呀！很難說什麼時候會因何事而死。」

「老師也思考過那種事嗎？」

「無論我多麼健康，也得去考慮這些事。」

老師的嘴角泛起一抹微笑。

「不是經常有人突然就死了嗎？有自然死，也有人在非自然的暴力下瞬間就斷了氣。」

「非自然的暴力？是什麼意思？」

「我也不了解什麼意思，自殺的人不都是使用非自然的暴力嗎？」

「那麼被殺，也是非自然暴力所致囉？」

「我倒沒考慮過被殺的情況，這麼說來也算是非自然的暴力吧！」

那一天，我就這樣回去了。回去以後，我不再為父親的病那麼掛心。老師所說的自然死、非自然暴力致死之類的話，除了當時給我一點印象外，後來也沒有在我的腦海中留下更深的記憶。我想到至今著手好幾次未果的畢業論文，已經到了必須正式開始動筆的時候了。

25

那年六月即將畢業的我，務必得依照規定在四月底把論文完成。屈指一算剩下的時間，二、三、四月，我有些懷疑自己的能力是否足以應付畢業論文。其他的同學，有人很早就蒐集好資料、也有人已作好筆記，放眼看去大家都忙得不可開交，只有我尚未著手。我下定決心在過完年後，要好好努力。雖然我有這樣的決心，一時之間卻不知從何著手。到目前為止，只是大略勾勒出大綱，約略擬出骨架組合的我，開始抱頭苦惱。因此我把論文題目縮小，為省去將研究思想作系統性歸納的麻煩，決定將書籍中的相關資料羅列，然後加上一個總結論。

我所選擇的論文題目和老師的專攻很相近。我曾就那個題目請教老師的意見，當時老師也說這題目應該可以吧！於是，開始焦急的我火速趕到老師家，請教他必讀的參考書籍。老師把自己所知的知識告訴我的同時，又借給我兩、三本必要書籍。不過，老師卻不願意擔任我的論文指導教授。

「近來，我很少讀書，所以不知道現在是否有新論點。所以還是請教學校老師比較妥當。」

那時，我猛然想起師母告訴我，老師曾經非常愛讀書，後來不知什麼原因不再像以前那般對讀書感興趣。所以我暫且擱下論文，忍不住開口問：

「老師為什麼不像從前那樣愛讀書呢？」

「沒有什麼理由。……我想無論怎麼讀也成不了偉人吧！還有……」

「還有？還有什麼呢？」

「倒也不是還有什麼理由，只是以前被人家一問，假如自己答不出來，就會覺得羞恥而難為情。最近我終於悟出所謂不知道這件事，並不是那麼羞恥，所以就提不起勁勉強自己去讀書。簡單說，就是老了吧！」

老師的語氣平靜。不知人間況味的我，對老師的這一番話並沒有反應。總之，我不認為老師已經老了，也不認為老師很了不起。

此後的我有如被論文所詛咒的精神病患般，經常兩眼通紅、苦不堪言。我試著請教一年前畢業的友人，探詢各種情況。其中有人是搭車直奔學務處，總算趕在論文截止時間前提出；還有人在五點十五分，已經超過截止時間才提出而不被接受，幸虧系主任的通融才受理。我感到不安的同時，也發憤圖強地奮力作為。每天不是埋首案前努力不懈，就是前往昏暗的書庫，在高聳的書架間到處尋找資料。我的眼睛如同風雅之士挖掘骨董般，拼命捕捉著書背上的燙金文字。

隨著梅花開滿枝頭，寒風也漸向南轉。當那一切都過去，我不時聽到櫻花盛開的消息。儘管如此，我有如拉車的馬，承受著論文的鞭策，朝著前方奔馳。時序來到四月下旬，我總算如期完成論文，其間不曾踏進老師家一步。

26

我重獲自由，已是八重櫻散盡，枝枒上開始萌發淡淡嫩葉的初夏季節。我懷著如飛出籠中的小鳥般的心情，放眼望向廣闊的天地，自由自在地展翅飛翔。我立刻前往老師家中。枳殼樹籬的暗黑色枝頭已萌芽，陽光和煦地照射在石榴枯幹上剛長出的鮮麗褐色葉子，我的目光被這一路上的景色所吸引，好像出生以來首次看到這一切，讓我倍感珍貴。

老師看到我愉快的神情，問道：

「論文已經完成了嗎？真是太好了。」

「託您的福終於完成了。」

坦白說，當時我有一種所有該做的工作都已完畢，接下來就算隨心所欲去玩樂也無所謂的好心情。我對自己所寫的論文有充分的信心，也非常滿意。我在老師面前喋喋不休地講述論文的內容。老師只以一貫的語氣回答「原來如此啊！」、「這樣啊？」而不加任何批評。我對老師這種反應，與其說是不滿，還不如說感到有些洩氣。儘管如此，那一天我活力充沛想試著還擊老師那種因循守舊的態度。我邀老師一起到春色盎然的大自然中散步。

「老師，出去走走吧！一到外頭就心曠神怡。」

「去哪裡？」

我根本不在乎去哪裡，只是想陪老師到郊外走走。

一小時後，老師和我離開城市，來到分不清是村還是鎮的寧靜地方漫無目的地走著。我從山茶花樹籬摘下嫩葉，吹起葉笛。這種吹法是跟一位鹿兒島朋友學來的，我吹葉笛的技術還不錯，我正得意洋洋地吹著，老師卻不理我，逕自走開。

不久，我們走到一處外牆被新葉覆蓋的高屋，其旁有一條小路，門柱上掛著某某園的牌子，可知並非私人住宅。老師眺望著長長的上坡道路，說道：「上去看看吧！」我隨口答道：「那是花圃吧！」當我們彎過一片植栽再往上走，發現左側有一棟屋子。從敞開的拉門向內望進去，不見半個人影。只看到屋簷下一個大水缸內的金魚游來游去。

「好安靜的地方啊！擅自進入可以嗎？」

「應該沒關係吧！」

於是我們兩人往裡頭走去，依然不見人影，卻見一片盛開的杜鵑花。老師指著其中赤褐色的高大杜鵑，說道：「這是霧島杜鵑吧！」

這裡也栽種約十來坪的芍藥，因為還不到花期，枝頭上見不到半朵花。老師在芍藥園旁一張舊長板凳上躺成大字形，我則坐在長板凳的另一頭抽菸。老師望著清澈的藍天，我被周圍嫩葉的顏色所吸引。仔細端詳葉子的顏色，每一片的顏色都不一樣。縱使是同一棵楓樹枝頭上的葉子，也是葉葉不相同。老師隨手掛在一棵小杉樹苗頂端的帽子，被一陣風吹落。

27

我立刻撿起帽子，用指甲把沾在帽子上的紅土彈掉，說道：

「老師，帽子掉了。」

「謝謝。」

老師半起身接過帽子，就保持這種半起半臥的姿勢，向我問起一件奇怪的事情。

「雖然很冒昧，請問你家財產很多嗎？」

「不算很多。」

「有多少呢？這樣問好像很失禮啊！」

「有多少？除了一些山坡地和田地，幾乎沒什麼現金。」

這是老師第一次問起我家的經濟狀況，我是從來不曾問過老師的家計。自從認識老師以來，我對老師可以不工作而悠哉過日子感到很疑惑。這個疑惑在我腦海中一直揮之不去，不過問起這般露骨的事情未免太無禮，所以也沒敢問。當嫩葉新綠緩和我疲憊的眼睛，心中的疑惑竟然不經意被觸動。

「老師呢？您到底擁有多少財產呢？」

「我看起來像擁有很多財產的人嗎？」

老師平日衣著樸素，由於家中人口簡單，住宅不算寬敞。不過，連我這個外人也明顯感受到他們的物質生活富裕。換言之，老師的生活談不上奢侈，卻也不是手頭拮据的小家子。

「是啊！」

「當然有一點錢，卻不是大財主。如果我是大財主的話，就要蓋一棟更大的房子。」

此時，老師起身盤腿坐在長凳子上，說完話後以竹杖的尖端在地上畫一個圓圈，然後把竹杖直挺挺插在正中央。

「其實，我原本擁有很多財產。」

老師說這話時，半像是在自言自語。我不知該如何回答，只得默不作聲

「原本擁有很多財產，你知道嗎？」老師又說一次，然後看著我露出微笑。我還是沒有作答，因為不知如何回答才恰當。老師於是把話題轉到別處。

「你父親的病後來怎樣呢？」

過完年後，我對於父親的病情就不太清楚。雖然每個月從家裡寄匯票來時，都有一封簡單的信，和往常一樣都是父親的親筆信，卻完全不曾提起病情。從字跡看來，也沒有病人特有的寫字顫抖潦草現象。

「什麼都沒說，應該沒事吧！」

「沒事就好。——可是生病就是生病啊！」

「大概還是維持原狀吧！什麼都沒說。」

「這樣啊？」

老師問起我家的財產，還有父親的病情，我聽起來像是普通的談話。——只是腦子想到什麼，直接就問的普通談話。事實上，老師在言談中，有一種故意將兩者結合在一起的重大意義。只是沒有老師那切身經驗的我，當然無法察覺此事。

28

「如果你家有財產的話，我認為應該趁現在好好處理一下，雖然這有些多管閒事，不過還是趁你父親健在時，爭取你該得到的財產。因為萬一發生什麼事的時候，最麻煩的還是財產問題。」

「喔。」

我並沒有很在意老師所說的話，因為我相信我家裡的人，不僅是我，包括父親、母親，沒有一個人擔心這些事。說這些話的老師，未免太過於實際，著實讓我大吃一驚。不過對長輩該有的敬意，使我一時之間沉默不語。

「現在就預測你父親過世的狀況，若讓你覺得不舒服，請諒解。但是，凡人都有一死，無論如何健康的人，遲早也免不了一死。」

老師的口氣帶著少見的苦楚。

「我完全沒把這些事放在心上。」我解釋道。

「你有幾個兄弟姊妹呢？」老師問道。

老師也問起我家有多少人？有沒有親戚？叔叔和嬸嬸等諸多情況。最後，他又如此說道：

「他們都是善良的人嗎？」

「不像是壞人的模樣，因為都是鄉下人。」

「難道鄉下人就不是壞人嗎？」

我被老師追問得答不出話來，不過老師也不給我回答的時間。又說道：

「鄉下人反而比都會人更壞，你剛剛說自己的親戚中沒有壞人，難道你認為壞人是世界上的另一個種族嗎？你以為壞人都是從同一個模子裡製造出來的嗎？那些平日看起來善良的人，至少也都是普通人。不過一旦碰到緊要關頭時，誰都會變成壞人，這才是最可怕的。千萬不要大意啊！」

看來老師還想繼續說下去，我正打算回答時，突然從後方傳來狗吠聲，老師和我都嚇了一跳，回頭一看。

從長凳子旁邊到後方都栽植著杉樹苗，杉樹苗的旁邊則是長滿約有三坪大的茂密山白竹。小狗的臉和背部出現在山白竹叢裡，一直不停地狂吠。此時有個年約十歲的孩子跑過來，斥退小狗吠叫。孩子頭戴繡有徽章的黑色帽子，繞到老師跟前，行禮後說道：

「叔叔，你們進來時，屋子內都沒人在嗎？」

「對啊！都沒看到人。」

「姊姊和媽媽應該在廚房啊！」

「是嗎？原來是有人在嗎？」

「哎呀！叔叔應該先招呼一聲，再進來比較好。」

老師露出苦笑，從懷中的小錢包掏出一個五錢的銅板放在孩子的手中。

「麻煩告訴你的母親，請讓我們在這裡休息一下。」

孩子機靈的眼中充滿笑意地點點頭。

「我現在是偵查隊長喔！」

孩子話一說完，從杜鵑花叢間一溜煙就往下跑。小狗尾巴舉得高高地也跟在孩子後頭跑過去。不久，有兩、三個同年齡的小孩子，也往偵查隊長的方向跑去。

29

老師的談話，被那隻小狗和孩子打斷而無法繼續下去，我也不得要領地結束這個話題。老師所在意的財產問題，那時的我完全不放在心上。以我的個性和境遇來說，那些利害關係根本不會困擾當時的我。仔細思考，那是因為我尚未踏入社會，我也尚未有實際的切身經驗吧！總之，年輕的我對金錢還不是很在乎。

但是，老師的談話中有一件事，我很想追根究柢。那就是所謂「人一旦碰到緊要關頭時，誰都會變成壞人」這句話的意義。光就字面上的意思，我當然不會不明白。可是我希望更進一步了解這句話的意義。

當小狗和孩子離開後，這一片長滿新葉的寬廣園子再度恢復原本的靜謐。我們彷彿被沉默鎖住般，暫時靜默不動。此時，美麗的天空漸漸失去光彩。眼前的一棵樹，大概是楓樹吧！枝頭上蒼翠欲滴、隨風輕擺的新葉，也逐漸轉為暗淡。遠處傳來貨車「喀拉喀拉」的響聲，想來可能是村子裡的人載著植栽或什麼之類的東西前往廟會吧！老師一聽到響聲，突然好似從冥想中甦醒過來般站起來。

「我們該回去了吧！雖然白晝變長了，不過這樣安閒地待著，不知不覺中已是日暮時分了。」

老師後背上滿是剛才躺在長凳上的灰塵，我用手把它拂落。

「謝謝。還有沒有沾到樹脂呢？」

「已經都弄乾淨了。」

「這件短外套最近才新訂製，若是弄髒，回家會被妻子罵的。謝謝。」

兩人又走到長長斜坡途中的那棟屋子，進去時不見半個人影的廊下，現在有一位太太和一位年約十五、六歲的小姑娘正在纏絲線。我和老師從大金魚缸旁，向她們致意道：「真是打擾了。」那位太太回禮說道：「哪裡，請不必客氣。」並向老師感謝方才給孩子銅板一事。

我們離開門口，走了一段路後，我終於開口向老師問道：

「剛才老師所謂『人一旦碰到緊要關頭時，誰都會變成壞人』的意思，到底是何意義？」

「說到意義，其實並沒有什麼高深的意義。——總之，是事實而不是理論。」

「就算事實也沒關係，我想請問的是，所謂的緊要關頭，是指什麼？究竟指的是什麼時候呢？」

老師笑出來。那笑聲好像是說現在時機已過，已經提不起勁作說明了。

「是金錢！見了錢，無論什麼君子也會立刻變成壞人。」

我對老師這種過於平凡的回答感到很失望。這就好像老師不開心時，我也會感到洩氣。我裝作若無其事般快步往前走，老師自然就落在後頭。老師從後頭喊著「喂、喂、喂」。

「喂，你看你！」

「怎麼啦？」

「你的心情因我一個回答，馬上就變了，不是嗎？」

老師看著停下腳步、回頭張望等他的我，如此說道。

30

那時，我心中有些埋怨老師。我和他並肩走在一起，明明有些事想問，卻故意忍住不問。不過，老師是否察覺到了？還是他根本不在乎我的態度？老師依然如故地保持沉默，踏著沉穩的腳步。這讓我有些惱怒，暗忖給他一記回馬槍。

「老師！」

「什麼事？」

「剛才我們在花圃休息的時候，老師有些激動啊！我很少見到老師這麼激動，今天好像看到老師鮮為人知的一面。」

老師並沒有立刻回答。我認為自己好像已經正中紅心，又覺得好像沒射中目標。莫可奈何之餘，只好閉上嘴巴。沒想到老師突然走到路邊，撩起衣服下擺，對著修剪整齊的樹籬小便。我只得呆呆站在那裡等老師辦完事。

「啊，失禮了。」

老師話說完，繼續往前走。至此，我對於駁倒老師一事已死心了。我們走過的道路愈來愈熱鬧，剛剛不時映入眼簾的那些遼闊的旱田、山坡和平地都不見了，取而代之則是左右兩邊的屋舍。儘管如此，有些屋舍的角落仍然可見碗豆的蔓藤纏繞竹架上，也有人家以鐵絲網圈地養雞，一派閒靜模樣。從城市歸來的載貨駑馬擦身而過。一直被這些景色所吸引的我，剛才還在腦海中的問題早就拋到九霄雲外。老師突然將話題拉回，實際上我已經完全忘記了。

「剛才我看起來很激動嗎？」

「倒也不是那樣，只是有一點……」

「不，你看出來也沒關係。因為我真的很激動。我只要談起財產，一定會變得非常激動。不知你是怎麼看我的，我對這件事執念很深，是非常記恨的男人。受到別人的侮辱和傷害，縱使過了十年、二十年，我依然不會忘記。」

老師的聲調比原先更激動，但是讓我驚訝的不是他那種模樣，而是老師的言辭含有向我傾訴的含意。從老師的口中聽到這樣的自白，不管如何，對我而言無疑是非常意外。至今我都不曾想過老師的個性，竟然是這般記恨。直到現在為止，我認為老師是一個相當脆弱的人，可是那種脆弱又高潔之處，正是我依戀他的根源。因一時的情緒想去反抗老師的我，在這言語之前顯得渺小。老師接著說道：

「因為我曾被人欺侮，而且是有血緣關係的親戚，我忘不了那些事。在我父親面前像是善人的他們，父親過世後，立刻變成不可原諒的負義之人。我從小至今都背負著他們加諸給我的屈辱和傷害，這恐怕得背負一生吧！因為我至死都無法忘記。不過，我尚未復仇。思考起來，也許現在我所做的事已超出個人復仇之上了。我不僅憎恨他們，我也憎恨像他們這樣的所有人。我認為自己已經受夠了。」

對於老師的自白，我連安慰的話都講不出來。

31

那一天的談話就此結束，未繼續下去。毋寧說我畏怯老師的態度，無意再進一步探究。

兩人走到市郊搭電車，在車內幾乎都沒開口。下電車不久就要道別，告別時，老師的態度又有大轉變。他以比平日還開朗的語調說道：「從現在到六月是你最輕鬆的時刻，說不定是一生中最輕鬆的日子。盡情去玩樂吧！」我笑著脫下帽子。那時，我注視老師的臉，不得不懷疑老師真的在內心某處憎恨世人嗎？他的眼睛、他的嘴巴，沒有一處反照出厭世的影子。

坦白說，我在思想上受到老師很大的啟發。不過，有時也有想受啟發卻得不到的時候。因為老師的談話經常不得要領就結束。那一天兩人在郊外的談話，正是一個不得要領就結束的實例，殘留我心。

老實又不客氣的我，有一次終於在老師面前坦率說出來。老師只是笑一笑。我如此說道：「我頭腦不好又不得要領也就算了，您明明知道卻不肯清楚告訴我，真教人傷腦筋。」

「我並沒有隱瞞任何事啊！」

「您有隱瞞。」

「你是不是把我的思想或意見和我的過去胡亂扯在一起呢？雖然我是一個遜色的思想家，可是在自己頭腦中所歸納的思想也不會對人隱瞞，因為沒必要隱瞞。不過，是否要將自己的過去一五一十擺在你的面前，那又另當別論。」

「我不認為是另當別論。因為那是從老師的過去所產生的思想，我很重視。假如硬要一分為二，對我而言是毫無價值的東西。這就好像只給我一個沒有靈魂的假人，我根本無法滿足。」

老師愕然地看著我。拿著香菸的手微微顫抖。

「你好大膽。」

「我只是誠實。我認真地希望從人生得到訓示。」

「你想揭發我的過去嗎？」

所謂「揭發」的字眼，突然帶著可怕的響聲，傳到我的耳際。我感覺現在坐在我面前的是一名犯人，而不是我平日所尊敬的老師。老師的臉色鐵青。

「你當真是誠實嗎？」老師叮問道。「我因過去的遭遇，對人起疑心。事實上，連你也懷疑。但是，我真的不想懷疑你，因為你看起來太過於單純。在我死之前，只要有一個人就好，我想相信他才願意死去。你可以成為那唯一值得相信的人嗎？可以嗎？你是發自內心的誠實嗎？」

「因為我嚴肅面對自己的生命，所以我現在所說的一切都是誠實的。」

我顫抖地說道。

「很好。」老師說。「我就告訴你吧！我把我的過去毫不保留地全部告訴你！不過……算了。但是我的過去，對你也許並沒什麼幫助。也許你不知道還比較好。還有——現在還不能說，你先有心理準備，適當時機一來，我就會告訴你。」

我回到住處後，感覺有一股壓迫感。

32

我的論文，在教授眼中並不似我自己評價般出色。縱使如此，依然如預期通過。畢業典禮當天，我從行李中拿出微有霉味的舊冬衣出來穿。在畢業典禮會場的隊伍中，每個人都露出暑熱的表情。我穿著不透氣的毛料衣服更是悶熱，才站了一會兒，手中的手帕已經濕透。

畢業典禮結束後我立刻回家，將衣服脫掉裸著身子。我打開二樓的窗戶，把畢業證書卷成像望遠鏡般，盡可能向外眺望。然後又把畢業證書丟在書桌上，逕自在屋內正中央躺成一個大字形。我躺著回顧自己的過去，也夢想自己的未來。發現區分過去和未來的這張畢業證書，像是一張有意義又似無意義般奇怪的紙張。

那天晚上，我受邀到老師家用餐。這是之前就約定好的，畢業那天不到外頭而在老師家裡慶祝。

一切如約定，餐桌擺在客廳靠廊下之處。美麗又清雅的織花桌巾漿得挺直，連燈光都可以反射出來。在老師家吃飯，一定像西餐廳般把筷子、碗盤擺在白色的亞麻桌布上。那必定是剛洗過的雪白桌布。

「就像領子和袖口一樣，若無法保持雪白，倒不如一開始就使用有顏色的材質。若要使用白色的話，就非得雪白不可。」

從老師這種說法看來，老師是一個有潔癖的人。其實，他的書齋也是整理得井然有序。凡事漫不經心的我，常常被老師這種特質所吸引。

「老師很神經質啊！」我曾經如此對師母說道。「不過，他對衣著倒沒那麼在意。」師母如此答道。在一旁聽到我們對話的老師笑道：「說實在，我是精神上的潔癖，所以一直為此苦惱不已。仔細思考，還真是荒謬。」我不了解精神上潔癖的意思，不知是不是俗稱神經質的意思，還是倫理上的潔癖？師母好像也不太明白。

那一晚，我和老師面對面坐在那張白色餐桌前，師母則坐在面向庭院的位子。

「恭喜！」老師舉杯為我道賀。我對這杯賀酒並未感到有多開心。當然，原因之一是我自己對這句話感到反感而沒有任何喜悅之情。不過，老師的說話方式也絲毫不帶任何讓我欣喜的語氣。老師笑笑地喝酒。我在那笑容中找不到一絲不懷好意的嘲諷，但同時也找不到所謂恭喜的真情流露。老師的笑容像是對我表示：「世間上，大家碰到這種場合都要說『恭喜』囉！」

「實在太好了。你的父母親一定非常高興吧！」師母對我說道。這讓我突然想起父親的病情，心想應該早一點帶著畢業證書回去給他看。

「老師的畢業證書呢？」我問道。

「這個嘛……應該收在什麼地方吧！」老師向師母問道。

「對！確實是收在什麼地方了。」

他們兩人都不太清楚畢業證書放在哪裡？

33

晚餐時，師母要坐在一旁的女傭到隔壁房間，由她自己來伺候用餐。這好像是老師家接待熟客的一種規矩。剛開始的一、兩次，我感到局促不安，幾次後直接把碗遞給師母也不再覺得不好意思了。

「喝茶，還是吃飯？真是能吃啊！」

師母有時也會不客氣地這樣說。因為那一天是特別的日子，被那樣一戲謔，我竟提不起食欲。

「吃飽了嗎？最近你的食量變得很小！」

「不是食量變小，是因為天氣太熱吃不下。」

師母叫女傭來整理餐桌後，端上冰淇淋和水果。

「這是我們家自己做的冰淇淋。」

看來賦閒在家的師母，悠閒到可以自製手工冰淇淋招待客人。我一連吃了兩杯冰淇淋。

「終於畢業了，今後你有什麼打算呢？」老師問道。老師的身體半坐在廊下，背靠在門檻上的紙門。

其實，我只有已經畢業的自覺，倒沒有今後打算做什麼的目標。看到我猶豫不作答，師母問道：「要當老師嗎？」我還是回答不出來，她接著又問道：「那當公務員嗎？」我和老師都笑出來了。

「坦白說，還沒有什麼打算，完全還沒考慮過就業的事情。從事什麼工作好，什麼工作不好？自己沒試過也不知道，所以如何選擇也感到很為難。」

「說的也是啦！話說回來，畢竟你還有財產才能夠那般逍遙自在。看看那些比較窮困的人家，無論如何也不能像你一樣不慌不忙。」

我的同學當中，有人在畢業前就開始找中學的教職。我心中暗自承認師母所說的都是事實，不過卻如此說道：

「可能有點受到老師的影響吧！」

「希望不要受到不好的影響。」老師苦笑道。

「不過，受到影響也無所謂。你要記住我上次所說的話，趁你父親還健在分到你該得的財產。這件事千萬不可大意！」

我想起杜鵑花盛開的五月初，和老師在郊外花圃的大庭園後方的談話。那一天的歸途中，老師以激動的口氣對我所說的那些駭人話語，再度在我的耳際縈繞。可是不知事實真相的我，同時也覺得那是不夠完整的談話。

「師母，府上的財產應該很多吧？」

「怎麼會問那種事呢？」

「因為問老師，他也不會告訴我。」

師母面帶笑容地看著老師。

「因為沒有多到值得告訴你的程度吧！」

「但是，要有多少財產才能像老師那樣呢？我要拿來參考，好回家跟父親談判，所以請您告訴我。」

老師朝向庭院，故作抽菸的模樣，所以我自然就把師母當談話的對象。

「實在沒有多到值得說出來的程度，只是還算可以過日子而已。——那些事怎樣都無所謂，你不思考一下今後想做什麼可不行！不能像老師那樣無所事事……」

「我可不是無所事事啊！」

老師把臉稍稍轉過來，否定師母所說的話。

34

那一晚，我在十點過後離開老師家。因為再過兩、三天就要回鄉，所以離去時預先向他們道別：

「暫時不能常來看您們。」

「九月還會見面啊！」

我心想既然畢業了，九月已經沒必要再回到這裡。而且我根本不考慮在酷熱的八月來東京，更沒有寶貴的時間跑來東京求職。

「也許九月會再見吧！」

「那麼，請多保重！也許今年夏天我們會到哪裡走走吧！實在太熱了，如果成行的話，到時會寄風景明信片給你。」

「假如出門的話，您們打算去哪裡呢？」

老師露出笑容答道：

「都還沒決定要不要出門。」

當我起身要離去時，老師突然抓住我問道：「你父親的病情如何？」我對父親的健康狀況幾乎一無所知，我認為沒有任何消息就表示病情沒有惡化。

「不是那麼簡單的疾病，如果併發尿毒症就不妙了。」

我不懂「尿毒症」這個病名及其含意，上次寒假回鄉並沒聽醫師提起這個專業術語。

「一定要好好照顧你父親！」師母也說道：「如果病毒蔓延到腦部就沒救了，你知道嗎？這不是開玩笑的。」

毫無經驗的我，雖然覺得不安還是笑著說道：

「既然是無法根治的病，無論怎麼擔心也是枉然。」

「你有那樣果決的想法，也就無話可說。」

師母可能想起以前罹患同樣疾病死去的母親吧！語調沉重，垂目注視著地上。我也為父親的命運感到難過。

此時，老師突然對師母說道：

「靜，妳會比我先死吧！」

「為什麼？」

「沒有為什麼，只是問一下而已。也可能我會比妳先走一步吧！大抵說來，世間的丈夫比妻子早死，好像是理所當然。」

「未必如此。不過因為男方的年齡通常都比女方長幾歲吧！」

「所以這就是丈夫先死的理由啊！這麼說我一定比妳早到另一個世界。」

「你例外啦！」

「是嗎？」

「因為你身體健康，又沒什麼煩惱，不是嗎？我應該會比你早走。」

「妳會先走嗎？」

「對，一定是我先走。」

老師看著我。我笑了。

「不過，假如我先走的話，妳會怎樣呢？」

「會怎樣……」

至此，師母也講不出話來。也許師母想到老師死去時那種悲傷湧上心頭吧！可是當師母再抬起頭時，心情似乎已經好轉。

「說到會怎樣？只有無可奈何。說來人的生死和年齡無關。」

師母故意看著我，好像開玩笑般說道。

35

原本我已經起身要離去，又再度坐下，成了他們夫妻兩的詢問對象，直到談話告一個段落。

「你認為如何？」老師向我問道。

老師先死，還是師母先死？這根本就不是我所能判斷的問題。我只是笑一笑。

「我對壽命完全不懂。」

「這才是真正所謂的壽命。其實，一個人在出生時即已注定會活幾歲，這也是無可奈何的。就像老師的父母親幾乎是同時過世，你知道嗎？」

「同一天過世嗎？」

「雖然不是同一天，卻也差不多啊！相繼過世。」

這種事對我而言很奇怪，我覺得不可思議。

「為什麼會相繼過世呢？」

師母正想回答時，被老師阻止了。

「這種話題可以停止了，實在很無聊。」

老師手持團扇，故意搧得「啪啪」作響，並且看著師母。

「靜，如果我死了，這屋子就送給妳。」

師母笑起來了。

「順便把地皮也送給我啦！」

「地皮是別人所有，這可沒辦法。不過，我所有的財物通通給妳。」

「謝謝，但是我拿了那些洋書也看不懂啊！」

「可以賣給舊書店。」

「假如要賣的話，應該賣多少錢呢？」

老師沒說該賣多少錢。但是老師的話題，一直離不開「自己的死亡」那個距離遙遠的問題。而且還假定自己的死必定在師母之前。最初師母還孩子氣地亂回答，不知不覺就開始陷入鬱悶的女人感傷情緒中。

「一直講什麼『如果我死了，如果我死了』到底要講幾次啊？拜託你適可而止，不要再講『如果我死了』。很不吉利！假如你死了，一切都按照你所說去做，這樣可不可以？」

老師望著庭院笑了笑。於是，他不再講那些師母討厭聽的話題。因為我也逗留許久，於是起身告辭。老師和師母送我到玄關。

「好好照顧病人！」師母說道。

「九月再見！」老師說道。

我行禮後走出門外。在玄關和大門之間有一棵長得很茂密的桂花樹，好像要擋住我的去路般，在黑暗中枝葉交錯蔓生。我走了兩、三步，邊看著被黑暗中葉子遮蔽的樹梢，邊想像秋天時綻放的花朵及花香四溢的景致。老師家和這棵桂花樹，從以前就在我心中留下難以分開的記憶。我不經意佇立在那棵樹前，不禁神馳到下一個秋天再度跨進這棟屋子玄關時的情景。此時，原本從拉門照射出來的玄關的燈光突然熄滅，老師和師母可能已經進到房間內，我獨自走出幽暗的屋外。

我並沒有立刻回到住處。一方面回鄉前總要買些物品帶回去，另一方面我飽脹的胃也必要消化一下，所以就往熱鬧的街町走去。大街上像似天剛黑般，我走在閒逛的紅男綠女當中，遇到和我一樣今天剛畢業的某同學。他硬把我拉到一間酒吧，聽他口沫橫飛地高談闊論。當我回到住處，已過了十二點。

36

翌日，我又冒著酷暑四處購買人家託購的各種物品。在信中接受託購並不覺得有什麼，一旦上街購物才發現非常麻煩。我在電車上猛擦拭汗水，不禁埋怨起那些完全不知體諒別人，盡會給別人帶來困擾的鄉下人。

我不希望這個夏天就這樣等閒浪費掉，所以訂了一個回鄉後的計畫表，為實現這些計畫得購買一些必要的書籍。我也覺悟自己務必得在丸善書店二樓耗上半天。我站在和自己所學相關領域的書架前，一本一本仔仔細細查看。

我在購物時，感到最頭痛就是女人和服用的「半襟[6]」。一問店內伙計，他拿出許多種類來，我卻不知該如何挑選？購買時更是猶豫不決。加上價格極為不透明，我以為是便宜貨竟是昂貴品，我以為很昂貴的竟是非常便宜。無論我如何比較，也看不出價格相差這麼多的理由。我完全不擅長這些事物，心中暗自後悔為什麼不麻煩師母幫忙呢？

我買了一個皮箱。當然，不過就是國產的下等貨，但是金屬零件卻是亮晶晶，我想這已足夠唬弄那些鄉下人。之所以買皮箱主要還是母親要求的，母親特地寫信交代畢業回鄉時要買一個新皮箱，把所有伴手禮全裝進去帶回家。我看到這封信時，不禁笑出來。若說我不明白母親的想法，還不如說那些話實在帶著一種滑稽性。

我按照跟老師夫婦道別時所說的計畫，三天後從東京搭火車返回故鄉。這個冬季以來，老師就不斷提醒我應該注意有關父親病情的種種變化，雖然這是最應該擔心的事，不知為何，這並沒有讓我感到非常痛苦。我反而為萬一父親過世後母親的心情而難過。也許在我內心裡的某處，無疑地已經覺悟到父親大概不久於人世。我寫信給在九州的大哥，信中也敘述父親終究是無法恢復健康。雖然工作很忙，請盡可能在今年夏天請個假返鄉探望父親。我在信中竟然寫出「兩位老人家孤獨守在家鄉，想必也很寂寞吧！身為人子的我們真是感到非常遺憾！」這般感傷的文句。其實，我僅是將心中的實際感情寫出來，不過寫完之後和正在寫信時的心情卻是迥然不同。

我在火車上思考自己的矛盾心情，思考當中才明白自己真是一個輕率的善變者。我頓時惆悵不快。我又想起老師夫婦兩人，特別是兩、三天前在他家晚餐時的對話。

「誰會先死呢？」

我自言自語反覆說出那一晚老師和師母之間的這個疑問，我也認為這個疑問任何人都沒自信可以回答。不過，縱使知道誰會先死，老師又能如何呢？師母又能如何呢？我想老師和師母也只能以現在的態度面對，應該也沒有其他辦法吧！（如同有一個在故鄉漸漸接近死亡的父親，我也想不出任何方法來。）我感受到人類生命的無常。我也感受到人類生來無可避免地輕薄存在，真是虛無又可憐。

雙親和我

1

回家後，最感意外的是父親的精神和先前並沒有太大的變化。

「啊，回來啦！能順利畢業，真是太好了。等一下，我洗個臉就出來。」

父親正在庭院忙碌。他繞到後院的水井，頭戴舊草帽，草帽後方飄盪著遮陽的髒手帕。

我與一般人同樣認為從學校畢業是理所當然的事，但是父親卻出乎預料地高興，讓我有些過意不去。

「畢業了，真是太好了。」

父親重複講了好幾次這句話。我心中暗自比較父親的喜悅與畢業典禮結束那一晚老師在餐桌說「恭喜」的表情。雖然口講祝賀，心中卻輕視畢業的老師，比起將理所當然的事看得那麼珍貴、那麼高興的父親，反而顯得高尚多了。我對父親這種無知鄉下人的想法感到很不耐煩。

「大學畢業也沒什麼了不起，每年有幾百個畢業生。」

我終於忍不住如此說道，父親一聽不由臉色一變。

「我高興的不只因為你畢業，雖然畢業很值得高興，這件事對我還有其他意義。若是你能夠了解我的心意……」

我問父親什麼意思，父親原本不願意說，最後還是如此說道：

「總之，對我而言是一件值得欣喜的事。你也知道我正在生病，去年寒假和你見面時，心想自己也許只能活三、四個月吧！能夠活到今天，是多麼幸福啊！生活起居不需要人照料，還能看到你畢業，所以我很高興。能夠在還活著的時候看到自己苦心栽培的兒子畢業，而不是自己走後兒子才畢業，身為父親的我怎能不高興呢？你抱有遠大志向，難免會覺得不過就是大學畢業而已，對於父親一直說『真是太好了、真是太好了』，恐怕覺得很沒趣吧！不過我們的立場不太一樣。總之，我對你畢業這件事比你本人還高興。你能了解嗎？」

我低著頭，一句話都說不出來，比做錯事還內疚、惶恐。父親心平氣和接受自己的死，而且還認定會在我畢業前死去。我不曾思考過自己的畢業對父親是多大的鼓舞，真是愚昧到極點。我從皮箱中拿出畢業證書，鄭重其事捧給父親和母親過目。畢業證書不知被什麼壓得有些變形，父親小心翼翼地把它展開。

「這種證書應該捲起來，親手拿回來才對。」

「捲起來之後，中間放個什麼撐住就好了。」母親也在一旁幫腔。

父親仔細端詳證書好一陣子後，起身走到床之間[7]，把畢業證書擺在任誰都可一眼看到的醒目之處。若是平常的我一定立刻阻止，不過那時候的我一反常態不再對父母親有任何違逆，默默任由父親隨意放置。不過柔軟雁皮紙質的證書，由不得父親隨心擺弄，不管怎樣用心直立擺放，立刻順勢又倒下去。

2

我私底下向母親探問父親的病情。

「父親好像沒事般在庭院工作，那樣好嗎？」

「好像沒事了，大概都康復了吧！」

母親出乎意料地平靜。像母親這種遠離城市居住在鄉間的婦女，對於這種病根本不具任何常識。可是上一次父親昏倒時，她驚惶失措、憂心忡忡的模樣，如今卻讓我心中有股異樣的感覺。

「不過，那時候醫師不是宣稱不樂觀嗎？」

「所以啊！人的身體真是不可思議。醫師說得那麼嚴重，現在元氣十足，健康得很啊！我剛開始也是非常擔心，希望他盡可能不要到處走動。但是你父親那脾氣怎肯聽呢？雖然他自己養生有道，卻是很倔強。自認身體沒問題，我說的話根本聽不進去。」

我想起上一次回家時，父親硬是下床刮鬍子，還說「已經沒事啦！你母親實在太誇張了」的話，我就不忍心苛責母親。「但是妳也得在一旁稍微注意才行啊！」——雖然這句話已到嘴邊，我終究還是有所顧忌而沒說出口。我只是把自己所知有關父親病症的常識告訴母親，其實大部分都是從老師和師母那邊聽來的。看不出母親有特別留意的樣子，只是問道：「喔，罹患同樣的病，真是可憐啊！她幾歲過世呢？」

我真是無可奈何，只好撇下母親直接去找父親。父親對於我提醒的事項，比母親還認真聽。然後說道：「確實如此。正如你所說，可是自己的身體畢竟就是自己的身體，有關自己身體的養生法，我已經有多年的經驗，自己最清楚了。」

7 日式客廳中的壁龕，通常會在其壁掛書畫作品，並在檯上擺一盆生花。

母親聽到父親如此的說法，露出苦笑說道：「你看吧！」

「不過，父親早就有心理準備。我這一次畢業回來，他之所以那麼欣喜正是這個原因。他認為在自己有生之年大概無法看到我畢業，沒想到他卻健康地親眼看我帶著畢業證書回家，所以非常高興。這是父親自己所說的。」

「他呀！只是嘴巴這麼說而已，心裡頭覺得自己沒問題。」

「是嗎？」

「他覺得自己再活個十年、二十年都沒問題，當然啦！有時也會對我講一些讓人難過的事。諸如我大概活不了多久了，萬一我死了，妳怎麼辦？一個人孤單過活嗎？」

我突然想像倘若父親過世後，剩下母親獨自一人在這老舊鄉下屋子的情景。這個家失去父親後，還能繼續維持下去嗎？大哥會如何？母親又該怎麼辦？而我自己還能離開這裡，到東京去輕鬆過日子嗎？我望著眼前的母親，突然想起老師的提醒——趁著父親還健在時，分取自己該得的財產。

「那些一直說自己會死、會死的人，通常不會那麼快死啦！所以我很放心，雖然你父親常說自己會死、會死，誰也不知道他還要活多少年呢？反而是那些悶不吭聲，看起來像似很健康的人才危險。」

我默默聽著母親這番既無道理又沒有統計根據的陳腔濫調。

3

父親和母親為慶賀我的畢業，商量要炊煮紅豆飯宴客，從我回家的那天，心中暗自擔心會有這種事發生。我一聽，馬上拒絕。

「不要太招搖吧！」

我很厭惡鄉下人作客，因為盡是聚集一些以吃喝為目的，愛湊熱鬧的人。我從小就討厭在一旁陪他們吃飯。更何況要他們為我而來，我的痛苦必定會加倍。但是我也不敢阻止父母親邀請那些粗鄙的村民來家裡熱鬧，只敢說太招搖了。

「什麼招搖不招搖？根本一點都不招搖。這是一生只有一次的事，請客是理所當然。不必那麼客氣。」

母親顯然是把大學畢業當成是娶媳婦一般的重大事情看待。

「雖然不請客也可以，但是不請客的話，別人不知又要在背後說些什麼？」

父親如此說道。父親很在意他們在背後說閒話。實際上，在這種情況下若不符合那一群人的期待，閒言閒語立刻四起。

「這種鄉下地方和東京不一樣，嘴雜很煩人。」

父親又如此說道。

「總得顧慮到你父親的面子。」母親又加了這句話。

我認為既然無法依照我的想法，那麼就隨兩位老人家的意思吧！

「總之，若是為了我就不必如此招搖。若是討厭人家閒言閒語的話，那就另當別論。我也不敢強硬主張對您們不利的事情。」

「你這種說法，真叫人為難。」

父親露出苦惱的表情。

「雖然父親沒說是為你而請客，不過你也得了解社會上的人情世故啊！」

母親說出這種婦道人家沒頭沒腦的話，這不是我和父親能夠應付的事。

「有學問的人，總是長篇大論。」

父親只說了這句話。不過從這句簡單的話中，可以看出父親平常對我就有所不滿。那時我沒有察覺自己講話太直白，只認為父親的不滿毫無道理。

那一晚，父親改變主意，問我哪一天請客比較方便。對於整日在家無所事事的我，根本談不上什麼方便不方便。父親如此詢問，等於是對我的讓步。我在沉穩內斂的父親面前，也不得不低頭妥協。我和父親商量後，決定好宴客的日期。但是在宴客日未到之前，卻發生一件大事情，那就是明治天皇生病的噩耗。這消息一經報紙披露，傳遍日本全國上下，竟然也讓鄉下人家經過一番折騰才決定的畢業慶宴告吹。

「這種時候，我看還是低調些好了。」

戴著眼鏡看報的父親如此說道。父親暗中好像也在思索自己的病情。這時我想起之前天皇陛下一如往年蒞臨大學的畢業典禮。

4

偌大的老屋裡，因人口簡單而一片靜謐，我拿出行李中的書籍開始閱讀。不知何故，我總靜不下心來。想起吵雜的東京二樓住處，一邊聽著遠處傳來電車的行駛聲，一邊一頁頁地翻開書本，似乎比較能集中精神，專心讀書。

我動不動就趴在書桌打盹兒，有時乾脆拿起枕頭偷懶睡午覺。醒來時，就聽到蟬鳴聲。那種現實中持續不斷的聲音，突然變得非常喧囂，吵得耳膜都快破了。我凝神聆聽，有時心中竟會湧起一股哀傷。

此時，我會拿起筆寫張明信片或一封長信給朋友。朋友當中，有還留在東京的人，也有回故鄉的人。有人會回信，也有人音信全無。我當然沒有忘記老師，我以小楷寫了三張稿紙的長信，向老師報告自己回鄉後的情況。當我封緘時，不禁懷疑老師是否還在東京？老師和師母不在家時，照例會找一個不知打哪來的五十來歲的短髮婦人看家。我曾問老師她是什麼人？老師回答說你看她像什麼人呢？我把那人誤認是老師的親戚。老師回答說：「我可沒有任何親戚。」老師和故鄉的親友，向來都不往來。原來我心生疑惑的那個看家婦人和老師沒有任何關係，是師母那邊的親戚。我把寫給老師的信寄出去後，忽然想起那個婦人喜歡拿一條細帶隨便綁在背後的樣子。假如那封信在老師夫婦出遊避暑後才送達，那個短髮婦人不知道會不會機靈又好心地幫我把信轉寄給老師？其實，我自己知道那封信裡根本沒寫什麼重要到必須轉寄的事。我只是寂寞，而且很期待老師回信。但是老師一直都沒有回信。

父親不像我上次寒假回家時，那麼喜歡下棋。棋盤積滿灰塵，被置在床之間的角落。尤其天皇陛下生病以後，常常看到父親陷入沉思中。他每天焦急地等待著報紙送達，他自己一定搶先看報，看完後才特地把報紙拿到我房間。

「你看！今天也詳細報導了天子的事。」

父親總是稱天皇為天子。

「雖然是很不恭敬的話，不過天子的病和我的病好像很類似。」

父親說這話時，臉上蒙上一抹愁雲。聽了這話的我，心中萌生不知父親何時會再病倒的擔憂。

「可是天子不會有事啦！因為像我這種草民還不是活得好好的嗎？」

父親一方面保證自己的健康，另一方面又好像已經預感到自己的危險。

「父親對自己的病感到很害怕。他並不像妳所說還能活個十年、二十年。」

母親聽完我的話，露出困惑的神情。

「你去勸他一起下棋吧！」

我從床之間將棋盤拿出，拂去上面的積塵。

5

父親的健康情形每況愈下。他那頂掛著帕巾、舊得驚人的草帽被閒置一旁。每當看見那頂掛在燻黑架子上的舊草帽，不由對父親產生一種憐惜之情。以前父親還能輕鬆到處走動時，我總是憂心他，希望他謹慎些。現在看到父親呆坐時，我又希望他能像原先一樣到處走動。我經常和母親討論父親的病情。

「完全是心理作用啦！」母親說道。母親也把天皇陛下的病和父親的病聯想在一起。不過，我並不認為是如此。

「不是心理作用。妳不覺得父親的身體衰弱許多嗎？我總覺得他看起來氣色不好。」

我如此說道。心中暗忖是否應該請外地高明的醫師來診斷比較好。

「今年夏天，你一定覺得很無聊吧！好不容易畢業了，卻沒為你慶賀，你父親的身體又這樣子。加上天子也生病了。——當時要是你一回家，馬上就宴客慶賀就好了。」

我是在七月五、六日回家，父母親提起要為我宴客慶賀畢業一事，是在之後的一週。好不容易決定的宴客日的一星期前，天皇生病的消息公布。其實，回到悠閒自在的鄉間不受時間束縛的我，也是多虧這件事才能免去我所不喜歡的社交活動。不過不了解我的母親絲毫沒有察覺到這件事。

當天皇駕崩的消息公布時，父親手拿報紙唉聲歎氣道：「唉！唉！」「唉！天子都不在了。我也……」

父親說到此，就不再繼續說下去。

我上街買黑布回來，用黑布包住旗桿的球頭，並在旗桿前端綁上一條三寸寬的小黑布，旗桿向著馬路斜插在門旁。國旗和黑布在無風的空氣中無力地垂下。老家舊大門的稻草屋頂經風吹雨打，上頭的稻草都已變色，不但變成灰色，而且被吹得凹凸不平。我獨自走出門外，眺望著黑色布條和白底赤日旗，也眺望旗子後方的破敗稻草屋頂。這讓我想起老師曾經問我：「你家屋子是什麼形式？大概和我故鄉的型態大不相同吧！」我很希望讓老師看看我出生的這間古厝，又覺得恥於讓老師看見。

我獨自走進屋內，坐在書桌前，看著報紙想像遙遠的東京景象。這個日本第一大都市在極為黑暗中一再變動的畫面，不斷集結到我的想像中。在那片黑暗中，一再變動的都會如此不安、喧鬧，我看到老師家宛如一盞明燈。但是，我並沒有察覺當時那盞燈，已被捲進無聲無息的漩渦中。我當然也沒有察覺不久後，那盞燈在自己的眼前走向猛然熄滅的命運。

我想把有關天皇駕崩事件的感想寫信告訴老師，於是提筆振書，但才寫了十行左右就停筆了。我把信紙撕得粉碎丟到垃圾筒。（我想寫信給老師也沒用，上一次老師也沒回信。）我很寂寞，所以想寫信給老師，假如老師能夠回信給我，不知有多好。

6

八月中旬，我收到友人來信。信中問我願不願意到鄉下當中學教員。這位友人因有經濟上的壓力，自己到處找工作。這個教職原本是他去應徵的，但因找到更好的工作，所以想把職缺讓給我，才會特地通知我。我立刻回信婉拒，並且寫說朋友當中有費盡工夫想謀取一份教職的人，還是把這機會讓給他們比較好。

我寄出回信後，才將此事告知父母。兩位老人家對我婉拒一事，似乎都沒有異議。

「那種地方不去也罷！應該有更好的工作吧！」

我從他們的回答背後聽出，兩位老人家對我抱持著過高的期待。不諳世事的父母，似乎期待剛畢業的我能夠取得高職位和高收入。

「說到好工作，最近要找一個好工作不是那麼簡單。何況大哥和我所學不同，時代也不一樣，如果硬要拿我們兩個人做比較，實在讓人沮喪。」

「不過既然已經畢業，至少也要自力更生，否則我們也很困擾。若是人家問起你家二兒子畢業後做什麼，我們答不出，就太沒面子了。」

父親愁眉苦臉說道。父親的想法是道道地地井底之蛙的思考方式。若是被鄉鄰的某某問起大學畢業一個月薪水多少，父親總是回答大約一百圓左右吧！父親為不讓這些人觀感不好，所以希望剛畢業的我能夠早日安頓下來。想以大城市為立身之地的我，在父母眼中，我無異是腳踩在半空中的怪人。實際上，我也經常感覺自己就是這種人。我想表明自己的想法，但是和父母有太大的差距，只好在他們面前保持沉默。

「為什麼不去拜託那位你經常提起的老師呢？現在不正是需要老師幫忙的時候

嗎？」

母親把老師定義成是這種功能的人。其實，這位老師是勸我回鄉後，趁著父親還健在趕快分取財產的人，他不是在我畢業後可以幫忙斡旋到好工作的人。

「這位老師在做什麼？」父親問道。

「他沒在工作。」我答道。

我記得很久以前就告訴父親和母親，老師並沒工作。父親理應還記得。

「沒在工作，應該有什麼理由吧！你那麼尊敬的人，總應該是在做什麼的人才對啊！」

父親如此諷刺我。在父親的想法中，對我們有幫助的人都是在社會上有相當職業與地位的人，其結論就是只有流氓之類才會遊手好閒、無所事事。

「像我這種人，雖然沒領月薪，可也不是成天無所事事。」

父親如此說道，我還是默不作聲。

「如果他如你所說的是那麼了不起的人，一定可以幫忙找到好工作。你有沒有拜託他呢？」母親問道。

「沒有。」我答道。

「那就難怪了。為什麼不拜託他呢？寫封信拜託他也可以，趕快去寫信。」

「好。」

我含糊回答後，起身離去。

7

父親很明顯地對自己的病情感到恐懼。但他也不是那種每次醫師來出診時，就囉囉嗦嗦地問一大堆問題給對方添麻煩的個性。醫師似乎也有所顧忌，客氣地沒說什麼。

父親似乎也考慮過自己死後的事情。至少想過當他自己死後，這個家會變成怎樣的情景。

「讓孩子讀書也是有好有壞。好不容易畢業，孩子卻不想回鄉。現在想一想，追求學問好像很容易讓父母和子女疏離。」

如今，大哥畢業後遠在他鄉工作，我受了教育的結果，就是堅持想定居東京。父親養育出這樣的子女，無怪乎要發牢騷。父親想像著自己身後，長年居住的鄉下老家只剩下母親一個人獨居，當然會感慨萬千。

父親是一個安土重遷的人，母親也認為在自己有生之年不會搬離老家。父親明白自己死後，將只剩下孤獨的母親守著這間空空蕩蕩的老屋。縱使感到非常不安，還是希望我到東京找一份好工作，父親的心情實在矛盾。我感受到那種矛盾的同時，卻暗自竊喜又可以再次前往東京了。

我不得不在父母面前裝出一副盡心盡力、努力尋找好工作的樣子。我寫信給老師，詳細敘述家中的狀況，如果有我可以勝任的工作，拜託老師幫忙斡旋。一方面，我認為老師不會理睬我的請託，另一方面，我也認為縱使他願意幫忙，交際圈狹小的老師也使不上力。總而言之，我還是寫了這一封信。不過，我相信老師一定會回信。

我在封緘寄出前，走到母親面前說道：

「我完全依照您所說，寫好一封信要寄給老師。請您過目一下吧！」

母親果然如我所料，並沒有讀那一封信。

「是嗎？那就趕快寄出去。這種事就算沒人提醒，自己也得趕緊行動才行。」

母親還把我當成小孩子。實際上，我也覺得自己像一個小孩子。

「不過，只寫封信可能不夠。無論如何，到了九月，我還是非去東京一趟不可。」

「也許是那樣沒錯，可是說不定他突然就幫你找到一個好工作啦！這種事就是要早一點拜託人家。」

「是。總之先等回信，再看著辦吧！」

對於這種事，我確信一絲不苟的老師一定會回信。我抱著期待的心情，等老師的回信。但是我的期待落空，過了一星期仍然等不到老師的任何音訊。

「大概是去哪裡避暑了吧！」

我不得不向母親說出一些理由。而且這些說詞不僅是對母親的藉口，也是我自己說服自己的藉口。若是我不強迫自己假設一些狀況，為老師的態度做辯解的話，就會感到忐忑不安。

我經常忘記父親的病情。一心一意只想乾脆早點去東京。父親也常忘記自己的病，雖然擔心未來，卻對未來也不預先做任何安排。所以我一直沒機會依照老師的忠告對父親提出分財產一事。

8

九月初，我終於又要前往東京。我拜託父親和以前一樣寄生活費給我。

「因為待在這裡，是無法找到您所說的好工作。」

我把自己說成是為找到父親希望的工作才前往東京。

「當然只要我找到好工作，您就不必再寄生活費。」我又如此說道。

其實，我心中暗自認為那種好工作根本不會落到我頭上。但是，不諳世事的父親總是相信相反的事情。

「因為是短暫的過渡期，無論如何都得想法子寄給你。不過不能一直都這樣啦！你得趕快找到好工作，自力更生。原本從畢業的翌日開始，就不應該要父母支援。現在的年輕人只知道花錢，完全不考慮如何賺錢。」

除此之外，父親還發了許多牢騷。其中還說了「以前的父母靠兒子養，現在的父母養兒子」之類的話。我只有默默地聽著。

我看父親的訓誡已經告一段落，正悄悄起身要離去時，父親問我什麼時候要去東京？我說愈快愈好。

「那就讓你母親看個好日子吧！」

「好。就依您的意思。」

那時的我表現得非常順從，盡量不忤逆父親，只想趕快離開鄉下。沒想到父親又把我叫住說道：

「你一去東京，家裡又變得很冷清。只剩下我和你母親兩個人，假如我身體硬朗也還好，如今這種樣子，很難說不會突然發生什麼事。」

我好好安慰父親後，回到自己的書桌前。我坐在散亂四處的書籍之間，不斷想起父親不安的神情和話語。此時，傳來蟬鳴聲。這時的蟬鳴和前些日子聽到的不一樣，是寒蟬的叫聲。我在夏天回到故鄉，端坐聆聽震耳欲聾的蟬鳴，屢屢會油然感到一種哀傷之情。我的哀愁和蟲鳴的喧囂聲一起穿透我的心底，這種時候我總是靜坐不動，獨自一個人凝視著自己。

我的哀愁在這個夏天回鄉以後，逐漸變成一種情緒。如同油蟬的鳴叫聲逐漸變成寒蟬的叫聲般，我周圍人的命運好像慢慢在大輪迴中轉動了。我一邊反覆思考父親落寞的身影和言語，一邊在我眼前又浮現毫無音信的老師。對我而言，老師和父親是兩種完全相反的形象，可是無論是比較還是聯想，這兩人很容易一起浮現在我腦海中。

我幾乎明瞭父親的一切。假如父親離開我，情感上只留著父子情分。但是對於老師，我仍有很多不明白之處。簡言之，對我而言，老師還是一片昏暗未明。我一定要超越這片昏暗走向明亮的地方，否則絕不甘心。假如和老師斷絕關係，對我來說是莫大的痛苦。於是我請母親幫忙看日子，決定了前往東京的日期。

9

我正準備要出發之際（應該是出發前兩天的傍晚），父親突然昏倒。那時我正在打包書籍和衣物的行李。父親剛進浴室洗澡，要為他洗背的母親忽然大聲呼喚我。我看到母親從全身赤裸的父親後方抱住他。當我們把父親攙扶到客廳時，父親卻說他沒事了。為謹慎起見，我坐在床邊，用濕毛巾冷敷父親的頭，直到九點過後才匆匆吃完晚餐。

翌日，父親的狀況比預期還好。他不願意聽勸，自行走到廁所。

「已經沒事了。」

父親一直重複去年年底暈倒時對我說過的話。當時確實如他所言已無大礙。我心想這一次或許也會像上次一樣。醫師只是交代我們要特別注意，卻未進一步叮囑詳細狀況。我感到很不安，到了出發日卻也無意動身前往東京。

「我還是留下來，看一下狀況再說吧！」我和母親商量。

「再留一陣子吧！」母親也拜託我。

先前母親看到父親一副硬朗的模樣在庭院和屋後走來走去時，她不當一回事，如今一發生這事，她又非常擔心。

「你今天不是應該去東京嗎？」父親問道。

「嗯，稍稍延一下。」我答道。

「你是為了我嗎？」父親反問道。

我有些躊躇。如果說「是」的話，好像就證實父親的病很嚴重。我不想讓父親對自己的病情過度敏感，但是父親好像看透我的心意。

「真是過意不去。」父親說完話，往庭院走去。

我回到自己的房間，望著放在房內的行李。為讓行李可以隨時搬運，已經綑綁牢實。我坐在行李前發呆，想把繩子解開。

我就在那種坐立難安的心情下過了三、四天。父親又再度昏倒。這次醫師交代父親絕對要躺著靜養。

「到底怎麼一回事?」母親以父親聽不見的低聲向我問道。

母親的神情十分憂心。我準備打電報給大哥和妹妹。但是躺在床上的父親幾乎沒有任何痛苦，從他說話的樣子看來，就跟感冒一樣。加上食欲比平日更好，一旁的人提醒他稍微節制些，父親哪聽得進去。

「反正早晚要死，不吃點美味的食物怎麼行!」

父親那句「美味的食物」，我聽來覺得真是滑稽又心酸。這都是因為父親沒住在可以吃到真正美味食物的都市。入夜後，父親還是不停啃著烤柿餅。

「為何那麼『飢渴』呢?也許是他堅強的求生意志吧!」

母親對父親這種狀態並未感到失望，反而把希望寄託在這種狀態。儘管如此，母親還是說了只有生病才使用的「飢渴」字眼，這個往昔的用詞其意為「生病時什麼都想吃」。

伯父前來探病時，父親一直挽留不讓他回去。主要的原因可能是因為寂寞而希望他留下來，不過向伯父訴苦說我和母親不給他美味食物吃，好像也是他的目的之一。

10

父親的病情已經以同樣的狀態持續一星期之久了。其間，我寫了一封長信給在九州的大哥。我也要母親寫信給妹妹。我心想，這恐怕是寫給他們兩個人有關父親健康情形的最後訊息吧！因此信中寫道「萬一打電報過去的話，務必速回」。

然而，大哥忙碌於工作。妹妹正懷孕。因此若不是父親已經危在旦夕，也無法隨意叫他們回來。雖說如此，萬一他們好不容易回來，卻來不及見父親最後一面，那就太遺憾了。因此有關打電報的時機，我深感一種不為人知的壓力。

「確切時機我也無法掌握，不過隨時都有危險，請做好心理準備。」

我到城裡接醫師時，他如此對我說道。我和母親商量後，經醫師的安排，從城裡的醫院請來一位護士。當父親看到穿著白衣的女性來到床邊打招呼時，臉色大變。

父親早已覺悟自己罹患絕症。不過他並未察覺死亡的腳步愈來愈逼近了。

「如果這一次能夠痊癒，我要到東京玩一趟。人啊！不知道自己什麼時候會死，想做的事情，一定得趁著有生之年趕快去做。」

「到時候，我也要一起去喔。」母親無可奈何，只能順勢說道。

有時候，父親又顯得非常落寞。

「如果我死了，一定要好好孝順你母親。」

我對於「如果我死了」這句話有一種記憶。那是離開東京時，我畢業典禮那一天的晚上，老師對師母說了好幾遍，我想起老師帶著笑意的臉，和嚷著「不吉利」而不想聽這句話的師母。那時候的「如果我死了」只是單純的假設狀況。現在我所聽到這句話的情況，卻是不知何時會發生的事實。我學不來師母回應老師的那種態度，但是我還是得想辦法安慰父親。

「不要說那種喪氣的話。您不是說這次痊癒後要到東京玩嗎？母親也要一起去。這次您去東京時，一定會大吃一驚，因為東京改變很多。光是電車的新路線就增加很多條，而有電車經過的各個街町當然也都改變了，加上市區重劃，整天熱鬧滾滾的東京沒有一分鐘是安靜的。」

我不知該如何是好，連一些雞毛蒜皮的事也說出來，不過父親好像聽得津津有味。

因為家中有病人，出入的訪客自然也變多了。附近的親朋好友，平均每兩天就有一個人來探病。其中也有住得比較遠的，也有平日疏於來往的親戚。

有人說「還以為很嚴重，看這樣子沒事嘛！還能說話，也沒一點消瘦，氣色很好」之類的話。我回來時那個靜悄悄的家，開始漸漸變得熱鬧起來。

這段時間，父親毫無起色的病情逐漸惡化。我和母親、伯父商量後，決定打電報給大哥和妹妹。大哥回覆立刻啟程。妹婿也告知說立刻動身出發，不過妹妹前次懷孕流產，這次得更加小心。我心想也許妹婿會代替妹妹回來吧！

11

在這不平靜的日子當中，我仍有安坐下來的餘裕，偶而也翻開書本，閱讀個十來頁。原本綑綁牢實的行李，不知什麼時候已經解開了。我一有需要，就從中拿出各種物品。我回顧自己離開東京時，心中計畫在這個夏天所要做的事，連三分之一都沒完成。以前我也有多次這般不順遂的情形，可是從來不曾像這個夏天這麼不如意。雖然這或許就是人世間的常態，我還是不得不壓抑這股厭惡之情。

我在這種不愉快的情緒當中，一方面思考父親的病情、想像父親死後的情景，另一方面又想起老師。我時常思索無論是地位、教育、性格都是迥然不同的兩個人。

我離開父親的病床，獨自雙手交叉胸前坐在凌亂的書堆中，母親探頭進來。

「睡個午覺吧！你大概也累了吧！」

母親不了解我的心情，而我也不是期待母親了解的那種孩子。我簡單向母親道謝。母親依然站在門口。

「現在父親情況怎樣？」我問道。

「正在睡覺。」母親答道。

母親突然進到房內，坐在我身旁。

「老師還是沒有任何回音嗎？」母親問道。

母親相信我那時所說的話。那時我向母親保證老師一定會回信。不過，那時我根本沒期待回信中會有父母所期待的內容。我心中有數，說這種話結果等同在欺騙母親。

「再寫一封信看看吧！」母親說道。

假如能夠讓母親寬心，我願意不厭其煩地一直寫這無用的信。但是以這種事來逼老師，對我是一種痛苦。遭父親責罵，讓母親不開心，都遠不如被老師看不起更令我恐懼。但我不免胡思亂想，我的請託至今毫無音訊，或許是因為拜託老師找工作的原因吧！

「實在沒有理由再寫同樣的信，這種事以信函也說不清楚。無論怎麼說還是應該去東京一趟，當面親自拜託才對。」

「以現在你父親這種狀況，不知什麼時候你才能去東京？」

「所以我才不願意再寫信，我打算等父親的病好轉或告個段落後再來進行後續事情。」

「那種事我完全明白，這時候誰都沒辦法丟下垂危的病人隨意跑到東京！」

我心中開始對一無所知的母親感到憐憫，但是我不明白母親為何特意在這時候提出這個問題？我不禁要懷疑就像我暫且放下父親的病情，還有心情安靜坐下來看書一樣，母親是否也忘記眼前的病人，心中光想其他的事情。此時，母親又開口說道：「其實……」

「其實我是想，若是你能在父親還在世時，就找到工作的話，他應該就可以安心了吧。雖然看樣子也許來不及了，不過最好趁著你父親現在還能說話，頭腦也還清楚時，盡孝心讓他高興一下。」

可憐的我竟然陷入無法孝順父母的境地，不過我終究未再寫任何信給老師。

12

大哥回來時，父親正躺著看報。父親向來就有放下手邊的事，先瀏覽報紙的習慣。自從臥病在床，因為無聊更喜歡看報紙了。母親和我都沒有強力阻止，盡可能順著病人的意思去做。

「這麼有精神啊，原本以為很嚴重，看起來不錯嘛！」

大哥如此說完後，就和父親聊起來。大哥那種過於誇張的語氣，反而讓我聽起來很不協調。可是大哥不在父親跟前，單獨面對我時，卻是臉色凝重。

「不能不讓他看報紙嗎？」

「我也認為不該看報紙，但是他不聽勸，實在沒辦法。」

大哥默默地聽我辯解，一陣子後才問道：「他看得懂嗎？」

大哥好像觀察到父親因為為生病，理解力比平常遲鈍。

「他頭腦還很清楚。我剛剛坐在床邊和他東南西北聊了二十多分，絲毫沒有不正常。這樣子看來，也許還有希望吧！」

妹婿和大哥前後腳回到家，他所表達的意見顯然比我們樂觀多了。父親向他問起妹妹的事情。父親說：「現在她的身體要緊，還是不要坐火車搖晃比較好，勉強來探病，反而讓我擔心。」接著又說：「這次病好了，久未出門的我，也許要親自去看小娃娃。」

乃木將軍[8]殉死時，父親最先從報上得知。

「不得了。不得了。」父親說道。

不明就裡的我們，被父親的叫聲給嚇了一大跳。

「那時候，我還以為父親開始神智不清了，感到很驚嚇。」大哥事後對我如此說道。

8 乃木希典為日本陸軍大將，於明治天皇大葬時切腹自殺，為天皇殉節。

「其實，我也嚇了一跳。」妹婿頗有同感地說。

實際上，當時的報紙對於鄉下人的意義，就是每天看到自己期待的報導。我坐在父親的床邊仔細閱讀相關新聞報導，沒時間在床邊看報時，就把報紙帶回自己的房裡鉅細靡遺地閱讀。很長一段時間，我始終忘不了著軍服的乃木將軍以及穿戴好似女官的乃木夫人的身影。

悲痛的消息傳遍鄉下的每個角落，草木同悲。突然我接到老師的一通電報。在這個小狗看到穿西服的人都會狂吠的鄉下，收到一通電報簡直就是大事件。母親非常吃驚，還特地把我叫到無人的地方問道：

「什麼事？」她站在我身邊，等我開封。

電報上只簡單表示：「希望與君晤面，能否前來？」我偏著頭想不通。

「一定是找工作的事吧！」母推測道。

我想也許是這樣吧！又覺得有一點怪怪的。總之，我為了父親的病把大哥和妹婿叫回來，總不能丟下不管，自顧自地跑到東京。我和母親商量後，回電報說無法前往東京，並且簡要述說父親已病危。因為我覺得這樣還不夠清楚，所以又把所有事情詳細寫了一封長信，當天寄出去。一直認為是跟工作有關的母親，露出遺憾的神情說道：「實在是時候不對，無可奈何呀。」

13

我寫的那一封信相當長，母親和我都認為老師這一次肯定會回信。沒想到寄出信的第二天，又來一通電報。電報上只寫著：「不來也無妨。」我把電報給母親看。

「可能會再寫信來說些什麼吧！」

母親一直都把老師的作為解釋成在斡旋我的工作，雖然我也認為說不定就是這樣，可是以老師平日風格來推斷，怎麼想都覺得奇怪。「老師幫我找工作」這種事，在我看來總是不可能的事。

「總之，我寄出去的信應該還沒到，這通電報肯定比我的信還早發出。」

我向母親說了這件再清楚不過的事，母親也認為如此，答說：「應該就是這樣吧。」我也無法解讀老師為何還沒收到我的信，又打這一通電報來的原因。

當天恰好是主治醫師從城裡偕同院長要來家裡出診，後來我和母親就沒時間再討論這件事。兩位醫師會診後，替病人做了灌腸之類的處理就回去了。自從醫師交代要父親臥床靜養以來，大小便都得由他人來協助。有潔癖的父親剛開始非常不願意，可是由於行動不方便，不得已只好在床上大小便。不知是否因為隨著病情加重，以致頭腦逐漸遲鈍，日久他對於這種排泄方式也變得不在意。有時候弄髒棉被或墊被，旁人緊皺眉頭，當事者反倒若無其事。父親因病尿量變得很少，醫師為此傷透腦筋。父親的食欲也逐漸不振，有時會說想吃什麼，卻又吃得很少。連愛看的報紙也沒力氣拿起來看。枕頭邊的老花眼鏡一直放在黑色眼鏡盒內。和父親自小感情就很好的阿作叔從一里遠的住處前來探病時，父親以混濁的眼光投向阿作叔，說了一聲：「啊，是阿作嗎？」

「阿作來看我啊！真羨慕阿作身體這般硬朗，我已經不行了。」

「哪有那種事？你兩個兒子都是大學畢業生，生一點小病不算什麼啦！你看我，妻子死了，又沒兒沒女，只是這樣苟活著，身體強壯又有什麼樂趣呢？」

父親進行灌腸是在阿作叔來探病過後兩、三天的事。他高興地說幸虧醫師的幫忙，身體舒服多了。父親心情好轉，對自己的生命好像重新燃起希望。一旁的母親，不知是被他感染，還是為了鼓舞病人，把老師打電報來的事，說成我在東京找到一如父親所期待的工作。雖然我的心情很複雜卻也無法阻止母親，所以只能默默聽著。父親露出高興的神情。

「那實在太好了。」妹婿說道。

「什麼工作呢？」大哥問。

此時，我更沒勇氣去否認，含糊地敷衍一下後，趕緊藉故離開。

14

父親的病情似乎已經進入等待最後一擊的關頭。家人每晚都抱著「命運的宣告會是今天嗎？」的不安情緒就寢。

父親並未帶給旁人感到煎熬的辛苦，就這一點而言，看護的人毋寧說是輕鬆多了。為預防萬一，每次輪一個人照顧父親，其他的人還有很多時間可以回到各自的房間休息睡覺。有一晚我不知為何無法成眠，有種錯覺好像隱約聽到父親的呻吟聲，我為謹慎起見，半夜離開床鋪，擔心地來到父親床邊一探究竟。那一晚，剛好輪到母親照顧父親。母親在父親的床邊枕著手臂睡覺，父親也安靜地沉睡。於是，我又躡手躡腳地回到自己的被窩。

我和大哥睡在同一頂蚊帳內，妹婿被當成客人獨自睡在另一個房間。

「小關實在可憐啊！拖了好幾天了，他還不能回去。」

關就是妹婿的姓。

「不過他並沒那麼忙，才能留在這裡。倒是大哥比小關更麻煩吧！要待這麼久。」

「這是沒辦法的事，這跟其他事情不一樣。」

我和大哥並躺在床上隨便聊一聊。大哥和我心裡都有數，父親的病終究好不了。這種「終究好不了」的想法，好像身為人子的我們正在等待父親死亡的到來。不過身為人子的我們很忌憚把這種事說出來。儘管如此，我和大哥彼此都是心照不宣。

「父親好像認為自己的病可以痊癒。」大哥對我說道。

實際上，就如大哥所說，每當有親友來探病，父親都不聽我們的阻止，一定要和親友見面。一見面，還會跟他們說沒舉辦我的畢業慶宴，實在很抱歉。然後還加上一句，假如他病好了，一定補請大家。

「你的畢業慶宴取消，真是太好了。那時我太懦弱了。」大哥的話，讓塵封的記憶又再度甦醒，我苦笑地想起客人飲酒作樂、杯盤狼藉的情景，和父親到處勸酒、勸吃的身影，非常不愉快地浮現在眼前。

我們兄弟的感情並不是很好。從小就經常吵架，年紀小的我總是一把眼淚一把鼻涕。上學後所選科系完全不一樣，因為兩人的個性南轅北轍。進入大學，特別是和老師接觸以後，從遠處觀察大哥，常覺得他很動物性。我和大哥很久沒見面，而且兩人相隔甚遠，無論是時間還是距離，大哥和我一直都很疏離。儘管如此，久未見面的我們，兄弟手足之情自然湧現。最大的原因，當然是這次見面的情況特殊。大哥和我攜手同心地在即將死去父親的床邊盡孝。

「你今後有何打算？」大哥問道。我卻反問大哥一個完全不相干的問題。

「家裡的財產到底該如何處理呢？」

「我也不知道。父親什麼都沒說。所謂財產，若以金錢計算，應該也沒多少吧！」

這時，母親又在煩惱老師尚未回信的事。

「為什麼還不寫信來呢？」母親如此責問我。

15

「你總是『老師、老師』的，這人到底是誰啊？」大哥問道。

「以前不是說過了嗎？」我答。我對問過以後隨即忘記別人回答的大哥，感到不滿。

「雖然問是問過了……」

大哥果然是聽了也不了解。以我的想法，沒必要勉強大哥去了解老師。不過，我還是很生氣，心想他又擺起大哥的架子來了。

我猜想大哥認為被我叫著「老師、老師」而如此尊敬的人，此人必定是著名的文人雅士。推測著老師至少也是一個大學教授吧！老師既沒名，又沒工作，這種人有什麼價值？關於這一點，大哥的想法完全跟父親一樣。不過，父親是立刻斷定，因為沒有能力才會游手好閒，大哥則認為有能力做事而游手好閒者，是一個沒有用的人，兩者的論調大不同。

「利己主義是不行的。什麼事都不想做，就是好吃懶做。一個人若不盡量發揮自己的才能，那就白活了。」

我很想反問大哥，到底是不是真的明白利己主義的意義。

「不過，若託他的福能找到工作的話也好。父親不是也很高興嗎？」大哥隨後又這樣說。

在還沒有收到老師的回信前，我總無法相信老師已經幫我找到工作，卻也沒勇氣去否認這件事。母親自以為是地到處吹噓，我也很難突然否認沒這一回事。用不著母親的催促，我也是滿心期待老師的回信。期盼著若是那封信如大家所認為般，寫著有關工作的事，不知有多好。我在即將臨終的父親面前、在祈願能夠讓父親安心的母親面前、在認為不工作就不配做人的大哥面前，還有其他如妹婿、叔叔、嬸嬸面前，我不得不被原本自己根本不在乎的事情傷透腦筋。

當父親吐出奇怪的黃色嘔吐物時，我想起老師和師母曾對我說的危險症狀。

「唉！可能是躺太久，連胃也出問題了。」看著毫不知情的母親如此說，眼淚已經在我眼中打轉了。

大哥和我在茶間碰面時，大哥問我：「聽到了嗎？」他的意思是問我有沒有聽到醫師離開時對他所說的事。不用說明，我當然也很清楚那個含意。

「你願意回到這裡來接管家裡的事嗎？」大哥盯著我問。我什麼話都沒回答。

「母親獨自一個人，實在是不行啊。」大哥又說。看大哥這種語氣，好像不惜要讓我和泥土同朽。

「若是想讀書的話，在鄉下也可以讀啊！而且也不必工作，不是很好嗎？」

「照道理應該是長子回來。」我說。

「我哪能夠做那種事呢？」大哥一口就回絕。大哥心中充滿著未來要成就一番大事業的理想抱負。

「如果你不願意的話，就拜託給伯父吧！縱使如此，兩人當中有一個人必須把母親接過去照顧。」

「母親願不願意離開這裡，才是一個大問題。」

兄弟兩人在父親未過世前，如此商量父親死後的種種事宜。

16

父親時常發出這樣的夢囈。

「我對不起乃木將軍。實在沒臉見他。不過我很快就要跟隨他了。」

他經常隨口說出這種話，讓母親感到非常不祥，所以盡可能把所有人都叫到病床邊。神智清醒時的父親常露出落寞的神情，看起來他好像也希望大家圍在自己的身邊。特別是當他環顧房內，看不到母親的身影時，必定會問：「阿光呢？」其實，他不必問，我們光看他的眼神就明白了。我立刻起身請喚母親進來。

「什麼事啊？」母親立刻放下手邊的工作，跑進病房。父親只是凝望著母親，什麼話都沒說。接著，就會講出完全不相干的話。有時突然說出「阿光，謝謝妳的照顧」之類的溫柔話語。母親一聽到那種話，必定眼泛淚水，然後，回想昔日身體尚硬朗的父親，與現在父親的模樣做對照。

「現在他說出那般令人心酸的話，以前的他可是相當霸道啊！」

母親照例要提起父親以前用掃帚打她背部的事情。這件事我和大哥不知已經聽過多少次了，然而此時聽在耳裡卻有不一樣的感受，母親所說的事竟然好像在追憶父親。

雖然父親已經凝視著迫在眼前的死亡陰影，然而並未說出像遺言的話。

「有沒有必要趁現在，問父親有什麼事要交代？」大哥看著我問道。

「說的也是。」我答。但是也考慮到由我們主動問病人這種事，到底對病人是好是壞？

兄弟兩人猶豫不決，只好去找伯父商量。伯父傷腦筋地想了半天。

「如果有事交代，卻什麼都沒說就走了的話，也很遺憾。但是，由我們主動去問，可能也不太好吧！」

這件事就這樣磨蹭不出個結果。其間，父親開始整日昏睡。無知的母親誤認為父親只是酣睡，反而感到高興說道：「能夠這般熟睡，連在一旁照顧的人也輕鬆多了。」

有時候，父親會突然睜開眼睛問某某人怎麼了？那個某某人一定是剛剛才坐在他身邊的人。父親的意識狀態時而清醒時而昏迷，其清醒就像縫補黑暗的白線般，斷斷續續的。難怪母親會把父親的昏睡狀態，誤以為是一般的睡眠。

那段時間裡，父親漸漸變得口齒不清，說話時尾音含糊，我們大多都聽不懂他說什麼。儘管如此，他開口說話時，聲音大得不像一個患重病的人。我們當然也要以比平時更大的聲音，而且要貼著父親的耳朵來說話。

「幫您冰敷額頭會舒服點。」

「嗯。」

我要護士換掉父親的水枕，然後把冰塊裝入冰袋，放在父親的額頭上。冰塊的銳利稜角尚未融解前，我的手在父親已禿的額頭邊輕輕地扶著冰袋。此時，大哥從廊下走過來，默默地遞給我一封信。我伸出左手接過那封信，心中立刻湧起一股疑惑。

那封信的重量比一般信還要重，並不是放進一般的信封，也不像放進一般信封應有的分量。那封信以半紙[9]包起來，封口以漿糊黏得很緊。當我從大哥手中接過那封信時，立刻發現這是掛號信。我把信翻過來一看，背面工整地寫著老師的姓名。因為我不能放開扶著冰袋的手，所以無法立刻拆封，只好把信放進懷裡。

17

那一天，病人的情況看起來特別不好。我走出房間正要去廁所時，在廊下碰到大哥，他以哨兵的口吻盤問我：「要去哪裡？」

9 半紙為習字、寫信用的日本紙，類似中國的宣紙。

「看起來情況不太好，盡可能在父親身旁。」大哥提醒我。

我心中也這麼想。所以那封信還是放在懷裡，我沒打開看又走進病人的房間。父親睜開眼睛，問母親坐在一旁人的名字，母親一一告訴他這是誰、那是誰，父親隨著母親的說明直點頭。父親沒點頭時，母親就提高音量告訴他這是某某人。

「謝謝大家的照顧。」父親說完後，又陷入昏睡狀態。

圍在病床的人默默無言，只能看著病人的變化。一陣子後，有一個人起身走到房外，接著又有一個人走出去，我是第三個走出房外，回到自己房間。我打開一直放在懷裡的信。雖然這在病人旁邊當然也可以看，可是信很厚，在那裡很難一口氣讀完。我希望有充分的時間仔細讀。

我撕開纖維強韌的包裝信封，裡面是以像稿紙般有縱橫線劃出格子的紙張寫著工整的字跡。為了裝封方便，信函折成四摺。我為方便讀信，把有摺痕的信紙翻轉後反摺，使它成為平坦狀態。

我對於老師用這麼多的紙張和墨水寫成的長信感到驚訝，心想老師到底是要跟我說什麼呢？我讀信的同時，也掛念著病人房裡的事，我有預感在這封信還沒讀完前，父親一定會有狀況發生，我一定也會被大哥或母親，還是伯父叫去父親的房裡。我無法平心靜氣地閱讀老師的信函，只是心神不寧地讀了第一頁。那一頁寫著如下一段話：

「當你問起我的過去時，沒勇氣回答的我，如今相信自己已經有勇氣在你面前坦白一切，但是我怕在等你上東京時，又失去這份勇氣，這份不過就是面對世間的勇氣。因此，假如我不抓住這個可以利用的時機，將會永遠失去把我的過去間接作為你的經驗的機會，而當時我那麼堅決約定的承諾，也將成為謊言。我不得不將應該親自告訴你的事情，改以筆寫出來。」

我讀到這裡，才明白老師為何寫了這封長信，也才知道老師寫信的理由。我從一開始就認為，老師不可能為了我的工作而寄出這一封信。不過，向來討厭提筆的老師，為何要寫這封長信給我？老師為何不等我到東京後再告訴我呢？

「因為勇氣來了所以想告訴你，可惜這股勇氣又將永久消失。」

我心中不斷重複這句話，卻苦於無法明瞭這句話的意義。有一股不安，突然向我襲來。我正想繼續讀下去時，聽到大哥從病人房裡大聲呼叫我的聲音。我驚慌地起身，穿過廊下急奔到大家聚集的房間。我覺悟到父親最後的一刻終於到來。

18

不知何時醫師已在病人的房內。盡可能讓病人減少痛苦的原則下，醫師正在替病人灌腸。護士徹夜照顧，現在正在隔壁房休息。不習慣照顧病人的大哥，手足無措，一看到我就說：「來幫忙一下。」然後逕自坐回自己的座位。我替大哥把油紙墊在父親臀下。

父親的樣子看似舒服許多。在床邊坐了大約三十分鐘的醫師，確認灌腸的結果後，交代還會再來便離去了。臨走之際還特別叮囑，若有什麼狀況可以隨時找他。

我離開隨時會有狀況的病人房，打算繼續讀老師的來信。但是我的心情絲毫無法鬆懈，一坐在書桌前，深怕立刻就會被大哥大聲呼喚。而且這一次的呼喚，很可能就是最後一次，我的手因恐懼而微微顫抖。

我無意識地翻動老師的信函，眼中看到的只是格子內筆跡工整的字體，卻無法鎮定讀信的內容，連跳著讀的心情都沒有。我順序翻到最後一頁，正想摺回原狀放在桌上時，突然在接近結尾的地方有一句話映入我眼簾。

「當這一封信送達你手中時，我可能已經不在人世。大概早已死了吧！」

我非常驚愕。感覺自己一直在跳動的心臟突然間凝結不動。我又從最後一頁倒著看回去，差不多是一頁讀一句的速度倒讀回去。在那一瞬間，我企圖從眼花撩亂的文字中，搜尋我必須知道的事。當時我最想知道的事，只有老師平安與否。老師的過去、老師承諾要告訴我的灰暗過往，對我而言，那些事完全無關緊要。我倒翻著信紙，在這封長信中卻沒那麼容易找到我想要的資訊，我焦躁地把信摺起來。

我再度走回病人房門口，探視父親的情形。病人的床邊意外地安靜。我向滿臉疲憊的母親招招手問道：「現在情況如何？」母親答道：「現在比較穩定些了。」我把頭伸到父親眼前問道：「如何呢？灌腸後是不是比較舒服些呢？」父親點點頭，口齒清晰地說了一聲「謝謝」。父親的神智難得未陷入昏睡狀態。

我離開病人房，又回到自己房間。我看著時鐘，查看火車時刻表。我倏地站起，重新綁好腰帶，把老師的信放進袖袋內，然後從後門走出去。我拼命往醫師家飛奔，我想直接了當問醫師，父親是否還能拖個兩、三天。我想拜託醫師，就算打針或用其他什麼方法也好，務必讓父親多活兩、三天。很不湊巧，醫師不在家。我也沒有時間等他回來，心神不寧的我，立刻驅車趕往車站。

我趴在車站的牆上，以鉛筆在小便條紙上寫了一封信給母親和大哥。信上寫得極為簡單，我想這總比不告而別好些吧！我託車夫盡快幫我把信送回家。然後，毅然決然地跳上開往東京的火車。我在隆隆作響的三等車廂上，再度把放在袖袋中的老師來信拿出來，從頭到尾看一遍。

老師和遺書

1

……這個夏天，我收到你寫來的二、三封信。我記得是第二封信，你拜託我幫忙在東京找一份好工作。當我讀這一封信時，心想無論如何要盡點力，至少也得回一封信才可以。不過坦白說，對於你的請託，我完全沒付諸努力。如你所知，與其說我交際圈狹窄，不如說我是一個離群索居的人還更恰當。像我這樣的人，根本無從努力。可是那也不是真正的問題。其實，那時的我正為自己該如何取捨而煩心。我該如行屍走肉般活在人群中？還是……那時的我為這個「還是」在心中反覆翻騰，每次一翻騰都會膽戰心驚。那有如狂奔到懸崖邊，猛然向下望見深不見底的深淵的感覺。我是一個懦弱的人，而且我也和多數懦弱的人一樣，過著煩悶的生活。非常抱歉，如果說那時候的我幾乎沒把你放在心上，一點都不誇張。更進一步說，你的工作、你的餬口方法等那些事情，對我而言根本毫無意義，會怎樣我也不在乎，那些事豈能成為問題。我把你的信收進信封後，依然故我地抱臂沉思。家中有些財產的你，何苦一畢業就為了找工作汲汲營營、四處奔波呢？我只是以一種苦悶的心情，對著遠處的你投以一瞥而已。因為沒回信給你而感到過意不去，所以我才毫不隱瞞把這些事情坦然告知。我並不是為激怒你，故意搬弄些無禮的話語。只要你繼續看下去，我相信你就可以明白我真正的心意。總之，原本應該問候卻默不作聲，我要為自己這種怠慢之罪向你致上歉意。

之後，我發了一通電報給你。坦白說，當時我想見你。然後如你所願將我的過往全盤拖出。你回電報說無法前來東京，我感到很失望，凝視那通電報良久。你可能覺得光發電報還不夠，隨後又寄來一封長信，因此我很清楚你無法前來東京的原因。我絕對沒理由認為你是一個失禮的人。你當然不能丟下病危的父親，不顧一切跑來東京。倒是忘記令尊生死的我，顯然才是不得體。——實際上，我在發電報時，早把令尊的事忘得一乾二淨。雖然你在東京時，我還提醒你這是一種難治之症，一定要小心注意。曾經如此忠告的我竟然就忘記令尊的病，我就是一個這般矛盾的人。或者說我的過往把我的大腦壓迫成這種矛盾的人吧！在這一點，我承認是我的錯。請你務必原諒。

當我讀完你的來信——你最後的一封來信——我認為自己做了一件錯事。我想寫信將此心情傳達給你，可是提筆寫不到一行就放棄了。我想假如要寫信的話，應該就要像現在這一封信一樣，可是寫這種信的時機還太早，所以又擲筆停歇。只好又發一通「不來也無妨」的簡單電報，也是基於這個原因。

2

之後，我就開始寫這一封信。平日不提筆的我，無法將事情的前因後果依照自己的意思完整寫出我的想法，所以感到相當苦惱。我差一點想放棄對你的承諾，可是縱然我很想擱筆，卻一直無法做到。不到一小時我又想寫了。依你看來，也許會認為我是一個重承諾的人。我不否認這件事。如你所知，我是一個幾乎不和世間交往的孤獨者，因此所謂承諾這件事，環視自己的周遭，無論從什麼角度來看，都沒有去履行承諾的機會。不知是故意，還是順其自然？我過著盡可能簡化的生活。不過，我並不是不願意履行承諾才變成這樣子。不如說我是過於敏感，精神上不堪承受刺激，以致過著如你所見的這種消極的人生歲月。正因為如此，一旦與人約定，若不履行承諾，自己都會產生厭惡之心。為了避免產生這種厭惡之心，我不得不又提起筆。

加之，我也很想寫。姑且不提承諾一事，我很想把自己的過往寫出來。因為我的過往就是我的經驗，說是只有我自己所擁有應該也沒錯吧！若不把這些經驗分享給別人就撒手人寰，也許很可惜吧！我多少懷抱著這種想法。但是，假如是分享給無法接受這些事情的人，我寧可把我的經驗隨同我的生命一起埋葬。實際上，若不是有你出現的話，我的過往終究只是我的過往，無法間接成為他人的知識就告結束。我在數以千萬的日本人當中，只想把我的過往說給你聽。因為你是認真的。因為你說過，你是認真地想從人生當中獲得活生生的教訓。

我將毫不顧慮地把人世間的陰暗面，投擲在你身上。不過，你無需恐懼。你只要凝神注視這個陰暗的人世，就可以從中找到值得你借鏡之處。我所謂的陰暗，是指人倫道德上的陰暗。我是一個出生在人倫道德中的人，也是一個在人倫道德中生長的人。基於那種人倫道德的思考，也許和現今的年輕人有很大的不同。但是，無論如何不相同，也是我自己的所有物。絕不是為一時方便而借來穿一穿的租借服。因此，我認為對今後企圖飛黃騰達的你，也可以提供幾分參考的價值。

你應該記得你時常提出有關現代思想問題來和我爭辯。你應該也很清楚我對那種問題的態度。雖然我並不至於輕蔑你的意見，也絕不到尊敬的程度。因為你的想法不具任何思考背景，你的人生歷練還太淺。我時常一笑置之。你總是露出不滿足的神情。最後你逼我把我的過去，好似繪畫卷冊般在你面前展開。當時，我心中才頭一次對你感到敬意。因為你展現出毫無顧慮地想從我心中挖掘某種生命經驗的決心。因為你企圖剖開我的心臟，啜飲從中流出來的溫暖血液。那時候的我還活著，我厭惡死亡，因此當場斥責你的要求，才和你約定他日實踐承諾。現在，我自己劃破自己的心臟，打算將鮮血撒向你的臉龐。當我的心跳停止時，若是能夠在你的心中注入新生命，我也就滿足了。

3

我的雙親去世時，我尚未滿二十歲。我記得有一次妻子好像曾經跟你提起這件事，我的父母是罹患同樣的病而過世。誠如妻子所說而引起你的好奇，我的雙親可以說幾乎是同時間相繼撒手人寰。事實上，家父的病是可怕的傷寒，而且將病菌傳染給在一旁照顧的母親。

我是他們唯一的兒子。由於家中頗有資產，我自幼就在優渥環境中成長。我回顧自己的過往，假如那時候雙親沒有死，或至少還有一人活著的話，也許現在的我依然還能保有那種寬懷大度的胸襟吧！

雙親過世後，只留下茫然不知所措的我。我既沒知識，也沒經驗，更不知人情世故。父親過世時，母親無法在他的身旁。母親過世時，甚至不知道父親已死。我不清楚母親是否已有覺悟父親已經過世了？還是相信旁人所說，父親正慢慢康復中？母親只是一味把萬事都託付給叔叔。並指著站在一旁的我說：「這孩子就拜託您了。」由於之前我就已經得到父母的同意，準備前往東京讀書。因此母親似乎也打算多說些什麼，所以又加上一句「他要去東京」。叔叔立刻回答：「沒問題，妳不要擔心。」母親大概是一個能夠承受高燒煎熬的女人吧！叔叔當著我讚美母親是一位「堅強的女性」。但是，這些果真就是母親的遺言嗎？如今重新思考，我根本就不清楚。母親當然知道父親所罹患的是一種可怕的疾病，而且也知道自己被傳染的事實。但是她是否認為自己的生命將被那疾病所奪走？我認為這當中還有許多的疑點。何況正在發高燒的母親，所說的話無論講得多麼有條理，往往也不會在她腦中留下任何記憶吧！因此……不過，那些事並不是問題所在。只是從那時起，我就開始以這種方式解讀事物，然後再從各種角度反覆思索問題的習慣。我想這種習慣從一開始就應該先向你說明，雖然這些實例與當前的問題沒有多大的關係，但是作為一項實例也不見得沒有幫助吧！希望你也以這樣的立場繼續讀下去。這種稟性在人倫道德上影響到個人的行為和舉止，後來漸漸演變成對他人道義心的懷疑。請你要記住，這件事確實造成我個人莫大的煩悶和苦惱。

假如離題太遠，恐怕你不容易了解，還是言歸正傳吧！其實，當我在寫這一封信時，和有同樣境遇的人相比較，我認為自己的心情還算平靜。當世人都在睡夢中，萬籟無聲，連遠處的電車聲響也已絕耳。不知何時從雨窗外傳來哀戚的蟲鳴聲，那種讓人不禁想起露秋時節的聲調，微弱低鳴著。毫不知情的妻子，在隔壁房無憂無愁地酣睡著。當我提筆，筆尖在一筆一畫下發出聲響。我以一種平靜的心情在紙張上書寫，或許是因為不習慣寫字吧！總是把字寫出格子外，而非思緒紊亂，以致筆觸不穩。

4

總之，孤單的我，除了依照母親的交代，依賴這個叔叔外也別無他法。叔叔接管一切，並且照顧我所有的事情。還安排我到自己所希望的東京就讀高校。那時候的高校生，比起現在更加兇蠻好鬥。就我所知，有人在半夜和工匠大打出手，用木屐砸傷對方頭部。那是飲酒後所發生的事件，雙方在互毆中，學生帽被對方拿走。由於帽子裡頭的一塊菱形白布上寫有姓名，整件事因此變得很麻煩，那個學生差一點被警察從學校叫去訊問。多虧朋友多方奔走，才總算在事情還沒鬧大之前擺平。你們在今日這種文雅學風中成長的人，聽到這些粗暴的行為，想必會覺得那時的我們非常愚蠢吧！實際上，我也覺得很愚蠢。但是，他們具有一種當今學生所沒有的質樸氣質。當時，我每個月從叔叔那裡收到的錢，遠比你父親寄給你的學費還少（當然，物價也有所不同）。不過，我絲毫沒有不足的感覺。不僅如此，在多數同學當中，就經濟這點而言，我絕不是處於令人羨慕、也不是令人可憐的境遇。如今回想起來，我當時應該是讓人羨慕的人吧！因為我除了每個月固定的生活費外，還經常向叔叔請求書籍費（我從那時候就很愛買書），以及臨時開銷費用，而我也總能如我所願地花用消費。

不明世情的我，不僅信賴叔叔，經常抱著感激之心，把叔叔當成恩人般尊敬他。叔叔是一位企業家，同時擔任縣議員。也許因為這層關係，我記得他和政黨很有淵源。雖然他是父親的親弟弟，其性格和父親迥然不同，看得出來是一個努力往上爬的人。父親則是一個堅守祖傳家產的篤實之人，他的嗜好是茶道、花道，還有喜歡讀一些詩集。書畫骨董之類，好像也感興趣。雖然我家住在鄉下，距離二里之外就是城市——叔叔就住在那個城市——從那個城市經常有骨董商特地帶著軸畫、香爐之類來給父親鑑賞。一言以蔽之，我父親稱得上是有錢人。他是一個具有高尚品味的鄉下仕紳。因此就性格而言，和豁達的叔叔相差很大。縱然如此，奇怪的是他們兩人的感情非常好。父親常常稱讚叔叔遠比自己能幹，是一個有出息的人。哪像自己因為繼承大筆財產，使得原本的才幹都埋沒。總之，人活在世上，沒必要奮鬥就會變得無用。父親的這些話，母親聽過、我也聽過。我認為父親好像期盼我能領會才故意說給我聽的。因為父親有時會特意看著我說道：「你要牢記在心才好。」因此，我至今仍然沒有忘記。而如此深受父親信賴、誇讚的叔叔，我又怎麼可能懷疑他呢？我單純地以這個叔叔為傲。父母雙亡後，萬事靠他照料的我，更覺得已經不是單純的驕傲而已。對我來說，他已成為一位不可或缺的人。

5

初次利用暑假返鄉時，由於雙親過世，叔叔和嬸嬸以新主人的身分住進我的老家。這是我前往東京前，和叔叔約定好的事情。因為只剩孤單一人的我出門在外，家中又不能沒人看管，除此之外別無他法。

那時候，叔叔和城市許多公司好像都有業務往來。因此叔叔笑著說——就業務狀況而言，他目前居住的住家，遠比搬到距離二里遠外的吾宅便利多了。這是我父母雙亡後，我將往東京而與叔叔商量該如何處理老家時，從叔叔口中說出來的話。我家的屋子擁有相當久的歷史，附近的人眾所皆知。我想你的故鄉應該也有類似的事吧，在鄉下，有傳統淵源的老宅若是還有繼承人卻要把屋子拆毀或賣掉，就會是一個大事件。如果是現在的我，根本不覺得那是什麼問題，可是當時的我還只是一個孩子，因為要去東京，又不能丟下屋子不管，為不知如何處置屋子而苦惱不已。

叔叔無可奈何之下，才答應要搬進我的屋子。但是他在城市的屋子一樣保留著，他說如果不能方便在兩處走動的話會很麻煩。我原本也沒有什麼意見。當時我認為什麼條件都無所謂，只要我能夠前往東京就好。

仍然孩子氣的我，縱使離開故鄉，心中還是眷戀著故鄉的老家。不用說，我如同旅人的心情般期待回到自己該回去的那一個家。無論我多麼嚮往東京，一放假我就歸心似箭，非常強烈想回老家。我平日認真讀書、盡情玩樂，我也經常夢見心中依戀的故鄉老家。

我不知道我不在時，叔叔是如何兩處走動。我回老家時，他們全家人都聚集在屋內。叔叔那些還在就學的孩子，平日多半是住在城市吧！他們可能也是趁著休假來鄉下玩玩。

大家看到我都很高興。我看到老家比父母在世時更熱鬧的開朗氣息，我也覺得欣喜。叔叔把占用我原來房間的長子趕到別處，讓我住進自己的房間。由於房間很多，我推辭說我住其他房間也沒關係，但是叔叔說因為這是你家，他堅持如此並不聽從我的意見。

我除了經常會想起過世的父母外，並沒有任何不愉快，那個暑假就這樣和叔叔全家人一起度過，之後我又返回東京。那個夏天只有一件事，讓我的心裡蒙上一層陰影，那就是叔叔夫婦兩人都勸說當時才剛進高校的我趕快成婚。而且前後反覆說了有三、四次吧！一開始，我只是覺得太突然。第二次，我明白地拒絕。第三次，我不得不反問他們所持的理由是什麼？他們的主張很簡單，只是希望我早點娶媳婦，早點回家繼承父親遺留下來的家產。而我認為我只要在休假時回家即可。為繼承家產，所以必須娶媳婦，說來有理，特別是清楚鄉下情形的我，也頗能夠理解。我也不是非常厭惡那種建議，但是才剛到東京讀書的我，好像用望眼鏡在看事物般，只看得見距離遙遠的地方。我終究沒給叔叔的期待任何承諾，就又離開故鄉的老家。

6

我把婚事忘得一乾二淨。環視周遭的年輕人，沒有一個人像是有家累的樣子，大家都是過著自由自在的單身生活。這些無憂無慮的年輕人當中，也許有人已經踏入婚姻中，或因家庭因素不得不娶妻，不過當時天真的我並未察覺到。還有這些有特別處境的人，也會顧忌周圍的人，盡可能謹慎地不去談論那些和學生無關的家務事。之後再回想，我也已經屬於那當中之一，只是連我自己都沒察覺，仍然天真愉快地邁向學問之道。

學期結束後，我再度收拾行囊回到父母埋骨的家鄉。也和去年一樣，在父母曾經住過的屋子裡，見到依然沒變的叔叔夫婦和他們的孩子們。我再度嗅到故鄉的氣息。那氣息對我而言依舊芳香充滿懷念。無疑地這是打破一學年單調生活，讓我的生活有所變化而值得感謝的地方。

不過，在這個培育自己成長的氣息中，叔叔突然又在我面前重提結婚的問題。叔叔所說的，只是一再重複去年的勸告，理由也和去年一樣。不過，上一次勸說時並沒有任何對象，這一次則是有明確的對象，這讓我感到很為難。因為當事人就是叔叔的女兒，也就是我的堂妹。如果我娶了堂妹的話，雙方都方便。叔叔說父親在世時，也曾提過這件婚事。我也認為假如這樣的話，雙方確實都方便多了，父親可能也曾跟叔叔提過這件婚事。不過，那是我聽叔叔提起才得知，之前沒聽他提起，我完全不曉得有這一回事。因此，我感到非常驚訝。雖然驚訝，卻也明白叔叔的期待不無道理。不知是不是我太迂闊？也許就是吧！不過，恐怕是我對堂妹毫無感覺，才是主要原因吧！我從小就常到叔叔家玩，也經常住在那裡，和堂妹自幼就很親近。不過，你也知道，兄妹之間的戀情，幾乎沒有成功的例子。也許我只是以這個公認的事實隨意敷衍了事吧！可是我認為經常接觸、過於親密的男女之間，已經失去激發戀愛所必要的新鮮感。如同聞香只在焚香的瞬間，品酒只在剛入口的剎那，戀愛的衝動也是間不容髮，只存在於某個時間點上。假如等閒視之的話，隨著彼此愈熟悉就愈習慣，戀愛神經也會逐漸麻痺。無論我如何思考，都無意娶堂妹為妻。

叔叔說只要我答應的話，婚禮也可以等我畢業後舉行。但是他又說「好事宜早不宜遲」，最好在近日內先完婚是最好不過。身為當事人的我並無意願，所以無論哪個選項都一樣，我還是拒絕了。叔叔露出不悅的表情，堂妹也哭了。我想堂妹並非因為我不娶她而傷心哭泣，而是婚事被拒，對一個女人而言，真是一件相當難堪的事吧！我非常清楚，就像我不愛堂妹一樣，堂妹也不愛我。於是，我再度前往東京。

7

我第三次回鄉，是在一年後的初夏。我總是在期末考一結束就歸心似箭地逃離東京。因為那是我依戀的故鄉，你應該也知道這種心情吧！我們出生地的空氣顏色和別處不同，土地的味道也與眾不同，因為飄浮著父母濃厚的記憶。一年當中，待在故鄉的七、八兩月中，有如躲在洞穴中冬眠的蛇，讓我感到無比溫暖。

我是一個單純的人，認為有關和堂妹的婚事，是一件沒必要傷腦筋的事。我相信不喜歡就拒絕，只要拒絕後就沒事了。儘管沒依照叔叔的期待而違逆他的想法，我也沒放在心上。過去的一年當中，我不曾因為那件事情而操煩，一樣高高興興回到故鄉。

然而，回家才知道叔叔的態度完全不一樣。他不像以前那般露出欣喜的神情擁抱我。儘管如此，在無憂無慮環境中成長的我，回家四、五天後依然沒察覺。只是在某個場合中，才猛然覺得有些不對勁。奇怪的不僅叔叔而已，嬸嬸也怪怪的，堂妹也怪怪的。就連叔叔那個中學剛畢業，打算進入東京的商業學校就讀，經常寫信詢問我的兒子也是怪怪的。

依我的個性不得不去思考這種情況。為什麼我的感受變成這樣？不。為什麼對方的態度變成這樣？我突然懷疑難道是我過世的雙親，洗淨了我渾沌的雙眼，讓我看清世間的一切嗎？我的內心深處相信已不在世上的雙親，依然和在世時一樣眷顧著我。雖說那時的我並非不理智之人，可是祖先遺傳下來的迷信，仍然強烈地潛伏在我的血液中。如今也還潛伏著吧！

我獨自跑到山上，跪在雙親墳前。我半帶著哀悼之意，半帶著感恩的心情跪下來。我感覺到我未來的幸福，似乎仍然掌握在冰冷石塊下的他們手中，我祈求他們守護我一生。也許你會覺得好笑吧！縱使自己被譏笑也沒辦法。因為我就是這種人。

我的世界猶如翻手掌般整個改變了。其實，這也不是我第一次的經驗。大約在我十六、七歲的時候，第一次發現世間上竟有如此美麗的事物時，也曾經非常驚訝。我不斷懷疑自己的眼睛，不停揉亮自己的雙眼，心中讚嘆著：「啊！真是太美了。」無論是男孩還是女孩，十六、七歲，正是俗稱的思春期。思春期的我，才第一次看到世間上美的代表者，也就是女人。對於過去絲毫沒察覺到異性存在的我，好像突然睜開盲目雙眼的人。從此之後，我的天地煥然一新。

當我察覺到叔叔的態度改變時，心情也和發現美女一樣吧！那是一種乍然之間的察覺。沒有任何預感，也沒有任何準備，出其不意地就來了。在我眼中叔叔和他的家人突然與往昔判若兩人，我感到非常震驚。這樣下去，我也擔心自己的未來不知會變成怎樣？

8

我開始覺得如果不將委託給叔叔管理家產的詳細情形弄個清楚，實在太對不起過世的雙親。正如叔叔所宣稱自己非常忙碌般，他每天晚上都在不同地方過夜。差不多兩天回家，三天住在市區的屋子，兩處往返，每一天都過著匆忙的生活。他口中經常嚷著「好忙！」在我尚未起任何疑心之時，我也以為他真的很忙，只能帶些嘲諷地替他解釋，不忙碌就稱不上當代流吧！但是，當我每次想花點時間與他談論財產的相關事宜時，看他那種匆忙樣子，就會忍不住認為那單純只是在躲避我的藉口罷了。我很難逮到機會和叔叔談話。

我聽說叔叔在城市有個姨太太。這個傳聞是從昔日的中學同學那邊聽來的，就算叔叔娶個姨太太之類，我也覺得不足為怪。我比較驚訝的是，父親在世時，從來不曾聽過那樣的傳聞。除此之外，這位同學還告訴我有關叔叔的種種流言。其中之一就是他的事業曾經一度失敗，這二、三年來突然又恢復。這更加深我對他的疑惑。

我終於和叔叔展開談判，說是談判也許有些不妥當，但就整個談話的過程，自然地就陷入那種情況中，除此之外沒有其他字眼可以形容。叔叔從頭到尾都把我當成孩子看待。而我從一開始就以猜疑的眼光看待叔叔，所以不可能順利地把問題解決。

由於我急於提起日後發生的事，所以非常遺憾無法把那個談判的始末詳細寫出來。坦白說，我正要寫出比這個談判更重要的事情。我的筆恨不得早點回溯那件事，只是我一直勉強壓抑下來。如今已經永遠失去機會和你面對面平靜談話的我，不僅是不習慣將感受訴諸筆端，從珍惜寶貴時間的角度而言，有些想寫的事也不得不省略。

你應該還記得吧！我曾經對你說過，世間上沒有從同一個模子製造出來的壞人，那些平日看起來善良的人，一旦碰到緊要關頭時，誰都會變成壞人，千萬不要大意啊！那時候，你提醒我說我太偏激。還問我什麼情況下好人會變成壞人？我只簡單回答「金錢」的時候，你露出不以為然的神情。我還記得你那不滿的神情。現在我要坦白告訴你，因為那時候我正在思考叔叔的事情。以常人看到金錢立刻變成壞人為例，世間上沒有值得信賴的人為例，我在憎惡這些人的同時，就會立刻想到叔叔。對於正要邁進思想深奧處的你，我的答案也許無法令你滿足，也許陳腐不堪。但是對我而言，那是血淋淋的教訓。實際上，我能夠不激動嗎？我相信與其以冷靜的頭腦敘述新事物，毋寧以熾熱的舌頭講述平凡事來得更生動。因為血的力量足以驅動身體。因為語言不僅在空氣中傳達波動，還能在更強大的事物上，產生更強大的效力。

9

簡單說，叔叔誆騙了我的財產。事情就在我前往東京的這三年間，他輕易地動了手腳。把所有事情委託給叔叔卻鸞不在乎的我，以世俗的眼光看來，根本就是一個傻子。若以超越世俗的觀點來評論，或許可以說我是一個純真又值得尊敬的男人吧！我回顧當時的自己，恨不得自己為何出生時不是一個壞人呢？我懊惱又不堪忍受自己的過度老實。不過，有時我竟有一種想再次回到自己出生時原本純真過日的心情。請記住！你所認識的我，已是經過污染的我。假如稱呼骯髒度年較久的人為前輩的話，我確實是你的前輩。

假如我依叔叔的期待和他女兒結婚的話，就物質面來說，應該對我比較有利吧！這當然是無庸置疑的事。叔叔是策略性打算把女兒強嫁給我，與其說是心存善意讓兩家便於往來，其實是以一種非常卑鄙的利害心在推動我的婚事。我只是不愛堂妹，也不討厭堂妹，事後回想起來，拒絕這一門婚事讓我多少感到愉快。雖然被騙是事實，但從被設圈套的這一方說來，我沒有娶堂妹為妻，讓對方無法遂心，這一點讓我稍微釋懷一些。不過，這是幾乎不足以成為問題的瑣碎細事。特別是說給你這個不相關的人聽，想必也只是顯現出我的愚蠢吧！

後來我和叔叔之間也有其他親戚介入。我根本也無法相信那些親戚，不僅是不相信，簡直就是敵視。我覺悟到叔叔欺騙我的同時，我認定其他的人肯定也會欺騙我。因為連父親這般讚賞的叔叔都如此了，更何況是其他的人！這就是我的邏輯。

儘管如此，他們還是幫我整理出我該得的財產。那些財產折算成現金，遠比我預期少很多。假如我不默默接受的話，只有和叔叔對薄公堂。當時在我眼前只有這兩種方法可以選擇。我感到非常憤怒，也猶豫不決。若打官司，讓此事塵埃落定恐怕要耗費很長的時間。我還在學中，考慮到這會奪走學生最寶貴的時間就非常痛苦。我前思後想，最後決定拜託住在市區的中學同學，將我所接收的一切財產都變賣為現金。雖然那個同學勸我最好不要這樣做，但我不聽忠告。因為那時候，我已經下定決心要永遠離開故鄉。我發誓再也不要見到叔叔。

我在離開故鄉前，又到父母的墳前祭拜。此後我不曾再到過他們的墳前。我想已經永遠沒有再見的機會了吧！

同學依照我的意願，幫忙處理所有的事情。不過，那是我返回東京，過了好一陣子後的事情。因為一方面在鄉下出售田地本屬不易，另一方面也怕急於脫手會被削價。我所收到的金額，遠比時價少很多。坦白說，我的財產只有離開家時，懷中的若干公債和後來友人送來的現金而已，肯定比父親原本的遺產減少非常多，而且遺產都不是我揮霍掉的，讓我的心情更加不痛快。不過，作為學生的生活費已是綽綽有餘，說實在，我連存款利息的一半都用不到。這種優裕的學生生活，卻讓我陷入意想不到的境遇中。

10

手頭寬裕的我，有意搬出吵雜的宿舍，買一戶新建的獨棟房子。但是，買房子後又得添購傢俱也很麻煩，此外又得找一個照料內外的歐巴桑，假如歐巴桑不老實的話也很困擾，若不能放心交代對方看家，出門也無法安心，因此沒有立刻付諸實行。某天，我不由得又想去找房子，趁散步之際，從本鄉台往西走，沿著小石川的斜坡直直走，再往上走到傳通院的方向。這一帶自從電車通車以來，景觀完全不一樣了。那時候，左邊是砲兵工廠的土牆，右邊是不像原野也不像山丘卻長滿野草的空地。我佇立在野草當中，不經意向對面崖邊眺望過去。雖然現在的風景也不能說不好，卻和那時候西側大異其趣。光是放眼望去那一片綠油油的茂密草木，就能夠讓人精神放鬆。我突然想，這一帶不知道有沒有適合的房子？於是，我越過草原，沿著小徑往北走去。然而，當時那裡還稱不上是理想的城町，亂糟糟的幾間房子實在有夠髒亂。於是我走出小巷，轉進巷弄，到處遊走。最後向糖果店的老闆娘詢問，這一帶是否有小屋要出租？老闆娘說道：「出租屋嗎……」歪著頭想了一陣子：「出租的話，好像……」一副完全沒概念的模樣。我不抱指望正想放棄時，老闆娘問道：「住家分租的可以嗎？」我一聽，心意有點動搖。我想，若一個人住在安靜人家分租的屋子，比自己買房子省事，這樣反而更好。於是我坐下來，向老闆娘打聽詳細情形。

那屋子是某軍人的家族，應該說是遺族所住的宅邸更恰當。老闆娘說男主人好像在日清戰爭還是什麼戰役戰死。直到一年前還住在市谷的士官學校旁邊，那個宅邸有馬廄之類的設備，由於過於寬敞，所以賣掉那裡的宅院搬來這裡，因為家中人口簡單很冷清，才會拜託老闆娘幫忙介紹好房客。從老闆娘的談話中，可以確定那一家除了遺孀、獨生女兒和女傭外就沒有別人。我心想這樣很單純，真是太好了！但是我也擔心像那種家庭，是不是會立刻拒絕我這一個突然出現、不知來歷的學生？心想是否就此作罷比較好。繼之一想，身為學生的我，穿著也並不是那麼不體面，何況又戴著大學的校帽。你可能會笑出來吧！說大學的校帽又怎樣？不過，那時候的大學生和現在不一樣，大部分大學生深受社會所信任。我甚至可以在那頂四角帽子中找到一種自信。我照著老闆娘指引的路，沒介紹人也沒任何其他介紹函，逕自造訪軍人的遺族。

我見到遺孀並告知來意。遺孀詢問我的身世、學校和所讀科系等種種問題。也許她掌握到她認為沒問題之處，當場就告訴我任何時候搬過來都可以。遺孀是一位正直的人，也是一個乾脆明快的人。我對她非常佩服，心想難道軍人的妻子全部都是這樣嗎？雖然佩服，卻也感到驚訝。我懷疑像她這種性情的人，哪裡會感到冷清呢？

11

我很快就搬進那棟宅邸，我租用當初和遺孀所談定的那一個房間。那是當中最好的一個房間。那時候，本鄉一帶零零星星地興建起高級租屋，就一個學生而言，我很得意自己即將住進最好的房間。我的新房間，遠比那些高級租屋好得太多了，搬進去的當下，我甚至認為身為學生的我似乎太奢侈了。

房間為八疊榻榻米大。床鋪旁有一個櫥架，走廊對側有一個壁櫥。雖然沒有窗戶，但南向的走廊採光良好。

遷居當天，看見床之間插了一盆花，其旁豎立一把古琴。這兩樣擺設，我都不中意。我是在喜愛詩書、書法、品茶的父親身旁長大，自幼培養出中國式的風雅品味。可能因為如此吧！不知不覺就養成輕蔑這種艷麗裝飾的毛病。

我父親在世時所收集的骨董書畫，雖然遭到叔叔任意處理，不過多少還留下一些。我在離開故鄉時，將那些書畫寄放在同學家。我把其中四、五幅比較精彩的作品卸除裱框後，放在行李底下帶出來。原本打算搬過來後，懸掛在床之間欣賞。可是一看到古琴和盆花，頓時失去拿出來的勇氣。後來才聽說這盆花是為慶賀我喬遷而插的，我只能在心中苦笑。可能古琴本來就放置在這裡，因沒地方擺放，不得已只好豎立在原處吧！

當我提到這些時，自然而然有個年輕女孩的影子掠過你的腦海中吧！其實，決定搬家的我，在還沒搬進去前好奇心早就蠢蠢欲動。不知道是否因為我事先存有壞心眼而感到不自然，還是我根本就不習慣與人親近？我第一次見到這位小姐時，驚慌失措地跟她打招呼，而小姐整個臉也紅了起來。

先前我根據遺孀的風采和態度去推測，並想像這位小姐的模樣。不過，這種推測和想像對小姐實在不太公平。我認為軍人的妻子就是那樣子吧！所以軍人妻子的女兒可能也就是那樣子吧！我自己愈想愈遠。然而，這個推測在見到小姐的瞬間，全被推翻了。而且至今想像不到的一種清新的異性芳香吹進我的腦海中。從此，我不再厭惡床之間的那盆鮮花，同樣地，也不覺得豎立在一旁的古琴很礙眼。

盆中的花凋謝後，總是會隨即換上新的，古琴也經常被抱到斜對面的房間。我坐在自己房內書桌前托著腮，聆聽琴聲。我不知道琴藝是好，還是不好。但是，偶而也會聽到彈得不順暢的地方，想來琴藝可能不是很好，應該和插花的程度差不多吧！雖然我不是很懂花道，不過小姐的花道絕對稱不上高明。

儘管如此，她仍然毫不羞怯地以各種花裝點我的房間。不但插出來的花式都一樣，連花盆也不曾更換過。說起來樂音方面，比插花還更怪。只是叮叮咚咚撥出絃聲而已，不曾聽到彈琴者本人的聲音。並不是她不唱，而是她的歌聲好像悄悄話般低吟。而且當她一挨罵時，便完全沒有聲音了。

我開心地眺望這蹩腳的花藝，也側耳傾聽那差勁的琴聲。

12

我離鄉時，已產生厭世的想法。不可信賴他人的觀念，已經深入我的腦海中。我把自己所敵視的叔叔、嬸嬸及其他親戚當成是世人的代表。連搭乘火車時，我也會暗中注意鄰座的人。如果人家跟我搭訕，我就會更加警戒。我總是鬱鬱寡歡，常常有一種宛如吞下鉛塊般的沉重心情。而且我的神經，就如現在大家所說變得敏感又尖銳。

我認為自己之所以回到東京就搬出宿舍，這應該也是最大的原因。雖然我說過自己手頭寬裕所以有意買一棟獨門獨戶的房子，若換成是以前的我，縱使荷包滿滿，也不喜歡去做那種麻煩事吧！

自從搬到小石川之後，這種緊張的心情依然無法放鬆。我鬼鬼祟祟地環視周遭的一切，連我自己都覺得羞恥。但是非常不可思議，我只是腦袋瓜和眼睛不停地轉動，嘴巴卻恰好相反，變得愈來愈笨拙。我默默坐在書桌前，好像一隻小貓般仔細觀察屋內的動靜。我全神貫注嚴密地注意他們的程度，連自己都不得不同情他們。我好像一個不偷東西的扒手，這麼一想連自己也開始厭惡自己了。

你一定感到很奇怪吧！那樣的我為什麼還有心情去喜歡小姐？為什麼還能歡喜地欣賞小姐差勁的花藝？同樣地，又為什麼還能開心地聆聽小姐拙劣的琴聲？當被問到這個問題時，我只能說兩者都是事實，除了告訴你事實外別無他法。任由頭腦聰明的你去解釋吧！我只能說：我是因金錢而懷疑世人，還沒因愛情而懷疑世人。雖然別人看來是一個怪人，自己也覺得很矛盾，但在我心中這些事卻是並行不悖。

因為我都稱遺孀為太太，以下就以太太的稱呼來代替遺孀。太太說我是一個沉默、老實的人。而且還誇獎我是一個認真讀書的學生。可是她對於我不安的眼神，還有鬼鬼祟祟的模樣卻絕口不提。我不太清楚她是沒發覺，還是客氣不說？看起來她好像沒注意到這些事情。不僅如此，有時她還會以一種尊敬的口吻說我是一個文雅大方的人。那時候，生性老實的我面紅耳斥地連忙否認對方的讚美。太太會一臉認真說：「那是因為你自己沒發現，才會這樣否認。」太太一開始並不打算將家裡租給像我這樣的學生，而是考慮租給在公家機關上班的人，所以拜託附近鄰居幫忙留意。薪水不高的人，才會住進人家分租的房間——這種想法早就在太太的腦海中先入為主了吧！太太將自己腦海中描繪的房客和我相比較，所以才會稱讚我是一個文雅大方的人。的確，和那些手頭拮据的人相較，也許我在金錢上是一個文雅大方的人吧！不過，那不是個性的問題，跟我的私生活也幾乎毫無關係。因為太太是女人，所以才會以此來推論我這個人，並使用這種讚美詞。

13

太太的這種態度，自然而然會影響到我的心情。不久後，我的眼睛不再像原來那般鬼鬼祟祟。我感覺自己已經能夠安心地坐下來。總之，太太把我當成自己的家人，不在意我那猜忌的眼神和偏激的個性，讓我感受到莫大的幸福。因為我緊繃的神經不再被對方觸動，逐漸平靜下來。

我認為太太是見過世面的人，才會特意以那種方式來對待我，或許也正如她所說，實際觀察出我是一位文雅大方的人吧！我想也可能是我那種拘泥的心態並沒有表現出來，不知太太是不是被蒙騙了。

隨著我心情平靜下來，我漸漸開始接近這家人，也會和太太或小姐說說笑笑。她們也會請我到對面的房間喝茶。有時候我也會在晚上買些甜點回來請她們品嘗。我感覺自己的交際圈突然擴大，因此也浪費了讀書的寶貴時間。很不可思議，我竟然覺得這種妨礙不算什麼。太太原本就是一位閒人。小姐除了上學外，還要學花道和古琴，我本想她應該很忙，出乎意料，她似乎隨時都有時間。因此只要三人聚在一起，就會聊天說笑。

大抵上，都是小姐來叫我過去。小姐有時會走過廊下的彎角，站在我的房前，有時穿過茶間，讓我從隔壁房間的紙門看到她的身影。小姐通常會站在那裡，呼喊我的名字問道：「在讀書嗎？」其實，我是翻開一本很艱澀的書擺在桌上，凝視著那一本書，讓旁人看起來以為我在用功。實際上，我不是那麼熱中研讀書物的人。我眼睛邊盯著書頁，邊等待小姐的呼喚。等不到人時，沒辦法只好自己起身，走到對面房間問道：「在讀書嗎？」

小姐的房間在茶間隔壁，有六疊榻榻米寬。太太有時在茶間，有時在小姐的房間。總之，雖然兩個房間隔開，也等於沒隔開，母女兩人就這樣來來往往，並沒有哪個人特別占據哪一個房間。

當我從外頭打招呼時，「請進！」答話的一定是太太。縱使有小姐在場，她也很少答話。後來，小姐也曾因為有事獨自一人來到我房裡，順便坐下閒聊。那種時候，我心中就會微妙地感到不安。這不僅只是因為和年輕小姐面對面而感到不安。我的心中不知為何就是無法鎮靜下來。我常被這種好像違背自己心意的不自然態度所苦，對方反而表現出落落大方的模樣。我真要懷疑這就是那個連彈琴都害羞不敢放心彈出聲的女子嗎？沒想到眼前她絲毫沒有害羞的態度。甚至有時候待久了，聽見母親從茶間呼喚她時，她也只應了一聲：「來了！」卻是一副不想起身的模樣。即便如此，我非常清楚小姐已經不是一個小孩子，從她的一舉一動可以非常明顯看得出來。

14

小姐離去後，我才能鬆一口氣。與此同時，卻有一種意猶未盡的感覺。也許我像女人般優柔寡斷吧！當今你們這些年輕人看來，恐怕更有這種感覺吧！不過，當時的我們大抵上都是如此。

太太很少出門。就算偶而不在家，也不會發生只留小姐和我兩個人單獨在家的狀況。我不知道那是碰巧，還是故意？雖然由我自己說出來很怪，不過依據我對太太的觀察，總覺得她好像有意讓自己的女兒跟我接近。雖然那樣，某些場合好像也在對我暗中警戒，當我一發現這種情形後，我的心情時常會感到不舒服。

我很希望太太能夠表明自己的態度。依我的思考，那無疑是明顯的矛盾。不過，我被叔叔欺騙的記憶猶新，不得不再次踏進猜疑的夾縫中，自己推斷太太的態度，到底哪一個是真心？哪一個是虛偽？我根本無法判斷。不僅判斷不出來，我還想不透太太為什麼會做出那般奇怪的事呢？我實在無法明白她的意義何在？無論如何我也想不出理由來，只能怪罪因為是「女人」而忍耐下來。畢竟是女人才會那樣啦！反正女人就是愚昧啦！每當我百思不得其解，就會陷入這種境地。

那般輕視女人的我，又為什麼不會輕視小姐？因為我所有的理論，在她的面前完全無法發揮功效。我對她，抱持著幾乎接近信仰的愛慕。看到我以宗教的用語使用在年輕女子身上，也許你會覺得我很奇怪，不過至今我仍然堅定相信就是如此。因為我堅定相信，所謂真正的愛和宗教心是一樣的。每次我見到小姐，就感覺自己也變得優雅起來。一想到小姐，好像她那高雅的氣質立刻感染到我。假如愛這種不可思議之物有兩端，高層次那端給人神聖的感覺，低層次那端則是性欲的話，我的愛確實是屬於高層次那一端。我原本認為身而為人，是無法離開肉體的。然而，我看著小姐的眼和想念小姐的心，則完全不帶絲毫的肉體邪念。

我對其母親抱著反感的同時，對其女的愛意卻逐漸增加，因此三人的關係比起我剛住進來時更複雜。不過那種變化幾乎只是在暗中洶湧，並未顯現出來。我猛然間，也會在意自己是否誤會太太了？我重新思考後，認為太太對我所表現出的矛盾態度，可能兩者都不虛偽吧！我想並不是那兩種態度相互交替在支配著太太，而是那兩種態度同時並存在太太的心中。換言之，我觀察到雖然太太盡可能讓小姐和我接近，同時又對我加以警戒，看起來好像是矛盾，但是加以警戒時，也沒有忘記另外一種態度，依然讓小姐和我接近。我把這解釋為她只認可兩人正當程度的接近，忌諱兩人的過度親近。其實，我對小姐根本不存任何肉欲，太太大可不必擔心。如此思考後，我對太太的反感也就消失了。

15

我綜合太太的種種態度，確定自己在這個家受到充分信賴。而且，我甚至發現證據，證明我從初次見面時就深受信賴。始終懷疑他人的我，對於這個發現產生一種奇妙的感覺。我認為女人比男人的直覺還要敏銳。同時，女人之所以受男人欺騙，原因不也在此？我如此觀察太太，對小姐也有同樣強烈的直覺，如今想起來實在很奇怪。雖然我在心中暗自發誓絕對不相信別人，但是我卻絕對相信小姐。雖然那樣，我還是覺得那個信賴我的太太很微妙。

我不太願意多說故鄉的事，特別是有關叔叔的事我更是絕口不談。連那記憶只要一浮現在腦海，我都感到心情惡劣。我盡可能只當太太的聽眾，不過對方並不從。不知為什麼，她們很想知道我故鄉的事情。我終於把一切事情毫無隱瞞地全說出來。當我告訴她們，我不會再回鄉，縱使回鄉也一無所有，有的也只剩下父母親的墳塚而已時，太太的樣子看起來非常感動，小姐也哭了。我認為自己說出來是對的，所以我感到很高興。

聽完我所有的陳述後，太太露出果然不出所料的表情。從此以後，她把我當成自己的親戚般看待。她如此對我，我不但不覺得生氣，反而感到很愉快。可是，其間又發生一件引起我猜疑心的事情。

我對太太開始懷疑，起於極瑣碎的事。但是那些瑣碎的事不斷重複，猜疑心就漸漸生根了。不知什麼情況下，我突然覺得太太會不會和叔叔一樣，有意促成小姐和我接近呢？這麼一來，原本看起來親切慈祥的人，在我眼中突然變成一個狡猾的陰謀家，這讓我感到非常痛苦。

太太從最初就宣稱，因為家中人少很冷清，希望有房客來照應。我不認為那是在說謊。我們之間變得親近後，把一切心事都說出來，我認為到這裡都沒有不妥。但是她們的經濟並不是很寬裕，所以就利害關係來考量，假如和我有特殊關係的話，對方絕對不吃虧。

因此我又開始加以警戒。不過，始終對其女有著強烈愛慕之心的我，對其母如此提防又當如何呢？我只會一個人獨自嘲笑自己，有時也會罵自己是傻瓜。假如只是這一點矛盾的話，我也不會感到痛苦。我的煩悶在於自己又開始起疑心，小姐該不會也和太太一樣是陰謀家吧？我只要一想到兩個人在我背後商量，共謀所有的事，突然就變得痛苦不堪。那不是不愉快，而是一種窮途末路的心境。雖然那樣，我對小姐還是堅信不疑，因此我好似夾在信念和疑惑之中而動彈不得。對我而言，兩者都是想像，也都是真實。

16

我依舊每天到學校上課。但是講台上的授課內容，聽起來彷彿從遠方傳來般不真實。讀書時也像那樣，映入眼中的文字尚未記在心中，即化作一陣煙消失無蹤。我變得更寡言了，有兩、三個朋友誤會而告訴其他朋友我可能是沉溺於冥想吧！對於這種誤會，我並不打算解釋，反而因為有人替我想出這個好藉口而感到開心。儘管如此，我還是時常覺得心不安，有時一發作起來飛揚浮躁，而讓大家驚訝不已。

我的住處少有人出入。她們的親戚好像也不多。偶而小姐的同學會來家裡玩，但都極小聲地交談著，讓人分不清到底有沒有客人來。我竟然沒察覺那是對我的顧忌。雖然來此拜訪的人也不是粗魯人，屋子內也沒有需要顧慮的男主人。以這點來看，身為房客的我宛如成為屋主，重要的小姐反而落得如同食客的地位。

然而，這些不過是剛好想到就寫出來，事實上如何也無所謂。只是在那當中有一件讓我覺得不太舒服的事。有時從茶間，要不就從小姐的房間，突然會傳來男人的聲音。那聲音和我的客人不一樣，聲音壓得很低，因此我聽不到他們在講什麼。越不知道他們在講什麼，讓我的神經越緊繃。雖然我端坐書桌前，卻變得焦慮不堪。我不禁胡思亂想，那人可能是親戚吧？還是只是朋友而已？不知是年輕男子還是年長的老爺爺？我這樣坐想不動當然無法得知。儘管如此，我也沒有理由站起來拉開紙門一探究竟。與其說我的神經微微顫動，不如說是起了很大的波瀾，使我非常痛苦。客人離去後，我不忘詢問客人的姓名。太太和小姐的回答極為簡單，雖然我對她們兩人露出不滿的表情，但也沒勇氣窮追猛打到自己滿意為止。我當然沒有權力那樣做呀！我那重視自己品格教養的自尊心，以及當下違背自尊心的欲望表情，同時顯露在她們眼前，所以她們笑了出來。難道那不是意味著嘲笑，而是出於好意？或者故意讓我覺得是出於好意呢？我當場也沒能力解讀，以致於失去一貫的穩重。事後，我還是不斷在心中反覆問自己，一定是被愚弄了！難道不是被愚弄了嗎？

我是一個可以自由決定事情的人。縱使我要退學，或是搬到哪裡去，或是打算跟誰結婚，我都不必跟任何人商量就可以自己決定。我好幾次想下定決心跟太太說請把女兒嫁給我，可是每次都躊躇不前，話到嘴邊又吞回去。我並不是害怕被拒絕。假如被拒絕的話，雖然不知道我的命運將變為如何，但我反倒可以站在和過去不一樣的角度，放眼來瞭望新的世界，所以我還有那種被拒絕的勇氣。然而我厭惡被誘騙，中人家的圈套比什麼都令我憤怒。自從被叔叔欺騙後，我發誓今後無論碰到什麼事，我絕不再受騙。

17

太太看我只買書，於是勸我也應該買幾件衣服。實際上，我只有幾件從鄉下帶來的木棉織衣。那時候的學生，沒有人會去穿絲織品的衣服。我有一個朋友是橫濱商家還是什麼人家的孩子，總之是很富裕的家庭，有一次家中寄來一件白綢緞襯襖，引來大夥的哄笑。那個人感到很害臊不停辯解，家人特地寄來的襯襖也不穿就塞在行李底下。大夥靠過去把襯襖拿出來，偏要他穿在身上。倒楣的是那件襯襖竟然長蝨子。不過朋友大概感到很萬幸吧！他把那件備受譏笑的襯襖捲一捲，趁著出外散步，順手丟進根津的大泥溝。那時和他一起散步的我，站在橋上邊笑邊看朋友這種行為，我絲毫不覺得這有什麼可惜。

從當時看來，我已經是成年人了。但我認為自己還不必去訂製外出服之類的服裝。我有一個奇怪的想法，認為在我畢業之前，尚未留鬍子的時候，根本無需擔心服裝等雜事。所以我對太太說，自己只需要書，不需要衣服。太太知道我買了很多書，問我買的每本書是否都讀過？我買的書當中也有字典，當然是瀏覽過才買，不過多少也有連翻都還沒翻過的書，以致我不知該如何回答。此時，我才發覺買來的東西不用，無論是書籍還是衣物其意義都是一樣的。此外，我也以承蒙照顧為藉口，託太太幫忙買些小姐中意的和服帶或布匹送給小姐。

太太說她不要自己一個人去，要我也一起去，小姐當然也得去。當時的社會環境不同於現代，我並不習慣以學生的身分和年輕女子一起散步。那時候的我比起現在更是一個拘泥於禮俗習慣的奴隸，多少有些猶豫，最後還是毅然決然出門。

小姐打扮得十分漂亮。皮膚白皙的她，抹了粉後更吸引人的目光。路上行人都盯著小姐看，而且看過小姐的人必定將視線轉到我臉上，真是不自在。

三人來到日本橋一帶購物。購物當下的心意總會變來變去，出乎意料地耗掉許多時間。太太故意喚我的名字與我商量，問我這如何那如何。有時把布匹掛在小姐的身上，要我退後二、三步看看如何。每次我就會說，那不好或那非常合適之類的話，提供個人意見。總之，完全是成年人的口吻。

這些事耗掉很多時間，回家已是晚餐時刻。太太說要回請我吃飯，就把我帶到一家位於有說書場狹窄巷弄的木原店。巷弄很狹窄，店家也很窄小。我對這一帶的地理環境毫無所知，對於太太如此內行感到驚訝。

我們入夜後才回到家。翌日是星期天，所以我整天關在自己的房間內。星期一去上學時，一大早就被一名同學開玩笑。故意問我什麼時候娶了老婆？還讚美我的妻子真是個大美人。想必我們三人到日本橋購物時，不知在什麼地方被他撞見了。

18

回家後，我把這事說給太太和小姐聽。太太笑了出來，看著我說：「一定帶給你困擾吧！」那時我心想，男人這樣做，是希望引起女方的注意嗎？太太的眼神，讓我充分感受到那種意味。那時候假如我能夠把自己心中所想直接了當講出來，也許就好了。但是我滿腹的狐疑無法消除，使得我正想打開天窗說亮話時猛然又止住，還故意顧左右而言他。

我從談話中避開自己的切身問題，向太太打聽她對於小姐婚事的看法。太太明白告訴我已有兩、三家來提親。因為小姐還年輕也尚未畢業，婚事可以不必那麼急。雖然太太沒說出口，看得出她對小姐的容貌很有信心。後來，她甚至說出，「若要決定婚事的話，隨時都可以決定」這樣的話。主要原因還是太太只有小姐一個孩子，所以也不是那麼容易就捨得放手讓她結婚。我想太太還在猶豫到底讓小姐出嫁好還是招婿好。

從太太的談話中，我得到許多訊息。不過，也因為如此，讓我又失去機會陷入同樣的結果。我對於自己的事終究還是一句話也說不出口。我在適當的時機結束談話，準備回到自己房間。

方才還在一旁有說有笑的小姐，不知何時走到對面的角落背向著這邊。當我站起來回頭時，看到她的背影。光看背影當然讀不出一個人的心意，我不知道小姐對這問題有什麼看法？小姐坐在櫥櫃前。那個櫥櫃打開約有一尺寬的縫隙，小姐不知從裡面拿出什麼放在膝蓋上，好像正盯著那東西看。我從縫隙望過去，才發現原來是前天買的布匹。我和小姐的和服，都疊好放在同一座櫥櫃的一角。

我什麼都沒說正想離去時，太太突然換另一種口氣，問我怎麼想？那種問法實在出其不意到讓人不得不反問「什麼事怎麼想？」當我知道是指是不是讓小姐早點結婚比較好時，我答說盡可能緩一點才好。太太說她自己也是這麼想。

太太、小姐和我成為這種關係的時候，有一個男人捲進來了。那男人成為這個家庭的一員的結果，使我的命運起了非常大的變化。假如那男人不曾穿過我的生命之路的話，恐怕我也沒必要留下這一封長信。我就像毫無準備般站在惡魔之路前，卻沒注意到那瞬間的陰影讓我的一生蒙上一層陰暗。坦白說，是我自己把那男人帶到這個家裡來。這當然必須得到太太的允許，所以從一開始我就毫無隱瞞地把一切告訴她，請太太幫忙。太太並不贊同，但因為我帶他來的理由充分，太太實在沒有不贊成的道理。因此，我一意孤行，做自己認為是對的事。

19

我的那位朋友姑且就稱之為K。我和K是自小感情就很好的朋友。我說自小的話，不必說明你也明白吧！因為兩人是同鄉的緣故。K是真宗和尚的兒子，但非長子，而是次子，因此過繼給醫生當養子。在我的故鄉，本院寺派的勢力很強大，真宗和尚的物質享受，比起其他宗派好很多。舉個例子，如果和尚有女兒的話，一到適婚年齡就會有施主來作媒，幫忙嫁到合適的人家。嫁娶所需的費用當然不必和尚自己拿出來，所以說真宗寺大抵上都是非常富裕。

K的原生家庭經濟力也是很不錯。可是不知道是否有餘力支付次子到東京讀書，還是為了便於到東京讀書，才決定過繼的權宜之計，我也不清楚。總之，K就是給醫生當養子。那是我們還在讀中學時的事情。至今我都還記得，當老師在教室點名時，我曾為K突然改姓而感到訝異。

K的養父家也是擁有相當的家產。K從養父家取得學費來到東京。他並不是和我一起來的，可是一抵達東京後就住進同一間宿舍。那時候一個房間通常並排二張或三張書桌，大家一起共同生活。K和我住同一個房間。我們好似山上被活抓的動物，在籠子裡相互擁抱地睨視著外頭。兩人都害怕東京和東京人。雖然那樣，我們還是在六疊榻榻米大的斗室裡，俾倪天下事。

我們非常認真。實際上，我們希望自己未來能夠出人頭地。特別是K，有很強烈的企圖心。出生於寺廟的他，經常使用「精進」這個用語。就我看來，他的行為舉止完全可以「精進」一語來形容。我的心中非常敬畏K。

K從中學開始就時常提出宗教或哲學等深奧問題，讓我頭痛不已。不知道他是受到生父的耳濡目染，還是自己出生家庭，也就是所謂寺廟那一種特別建築物中的氛圍影響，無論如何他的個性看起來遠比普通的和尚更像和尚。原本K的養父打算把他栽培成醫生，才送他到東京讀書。然而，頑固的他抱著不當醫生的決心來到東京。我責問他，那樣做不是形同欺騙養父母嗎？大膽的他竟如此回答我——若是為了道，可以不在乎細微末節。那時的他使用「道」這個字，恐怕他自己也不是很了解吧！我當然不了解。但是年輕的我們，卻是對於這個意念模糊的字眼充滿尊敬。縱使不了解，我們也是充滿高尚的精神，意氣風發地邁向那個方向，完全看不到有任何下作之處。我贊成K的說法。我不知道我的贊同，給予K多大的力量。即使我反對，我知道死心眼的K肯定還是會貫徹自己的理念。我雖然當時還是孩子卻也明白萬一發生什麼事情，我這個給予聲援的人多多少少也要負一些責任。縱使當時沒有那種覺悟，萬一發生必要以成年人的眼光來回顧過去的情形，我也會負起自己理應承擔的連帶責任，我是以這樣的語氣來附和聲援K的。

20

K和我進入同科系就讀。K若無其事地接受養父家寄來的錢，踏上自己喜歡的道路。看來K的心中抱著這兩種想法——養家不會知情的安心，和養家即使知情也無所謂的膽識——除此之外別無其他可能。K比我還更不在意。

第一個暑假，K並沒有回鄉。他借住在駒込的一座寺院的廂房，說要讀書。我返回東京是九月上旬，看到他果然躲在觀音菩薩旁的骯髒寺院中。他住在正殿旁的一間狹窄房間，在那裡他可以隨心所欲地讀書，似乎很快樂的樣子。我認為他那時的生活愈來愈像和尚了。他的手腕上掛著念珠，我問他那是要做什麼用？他模仿和尚以大拇指撥弄一顆一顆念珠給我看。他每天好像就如此撥弄好幾回念珠，但是我不了解它的意義何在。數著一顆一顆成串的念珠，數到哪裡都不會終結。K到底數到何處會有何種心情，撥弄念珠的手也會停止吧！雖然是無聊的事，我卻時常想起。

我在他的房間看見聖經。我記得以前常從他口中聽聞經書的名稱，基督教的相關事情倒是不曾聽他說過，所以我感到有一點驚訝，忍不住問他理由。K說沒理由。又說這是大家敬重的一本書，就算讀它也是理所當然。接著他說如果有機會的話，也打算讀可蘭經。他對所謂穆罕默德和劍的故事好像很感興趣。

第二年暑假，他因為家人的催促終於回去了。縱使K回去了，然而他對自己所念科系絕口不提。家人也都沒有察覺到這一點。因為你們受過學校教育，所以對這些訊息非常了解，世間人對於學生的生活、學校的規矩，真是無知到令人驚訝。我們認為沒什麼了不起的事，向來也不會去告訴外面的人。基本上，因為我們只呼吸內部的空氣，校內的大小事理應傳遍各角落，這被認為是一種想太多的毛病。K在這一點，比我更明瞭世事，因此他又若無其事地返回東京。因為我們一起從故鄉出發，所以一上火車我就問情形到底怎樣？K答說不怎麼樣。

第三年的夏天，剛好是我決心永遠離開父母親埋骨之地的那一年。那時候我勸K回故鄉，K不願意。他說每年這樣回家做什麼？他好像還是打算留在東京讀書。

我沒辦法只好獨自離開東京。我在故鄉的那兩個月，命運起了驚濤駭浪，先前已經說過就不再重複。我懷抱著滿腹的不平、鬱悶、孤獨、寂寞，九月時和K再度相逢。他告訴我，他的命運也和我一樣變調了。他沒讓我知道，寫了一封信寄給養父，坦白告訴對方自己的欺騙行為。他一開始就有所覺悟。我也只能對他說，事到如今也是無可奈何，除了做你喜歡做的事外，其他別無選擇了。總而言之，他好像不願意進入大學後還繼續欺騙養父母。也許他已看穿縱使欺騙，也無法一直欺騙下去吧！

21

養父看完K的信後勃然大怒。立刻回了一封措辭嚴厲的信，表示無法再寄錢給欺騙父母的混帳。K把信拿給我看。也把從生父家寄來的信給我看，這封信中的嚴厲譴責不亞於前一封信。生父家對於養父家應該還有人情義理上的愧疚吧！信上還寫著生父家也不會給予任何援助。為了這件事K到底是要恢復原籍，還是找到其他的妥協辦法繼續留在養父家。這些問題都是其次，眼前首要解決的問題，就是每月所需的生活費。

我問K關於這一點有什麼對策，K回答打算去當夜校的教師。那時候社會的經濟情況比起現在是意想不到的寬裕，找個兼差絕不如你所想的那般困難。我認為K那樣做應該沒有問題，不過我也有該負的責任。因為當初K打算違背養父的希望走自己的道路時，我也表示贊成。現在我不能說一聲：「是這樣啊！」就袖手旁觀。我當下立刻表示願意提供他物質的補助，但是K二話不說馬上拒絕。依他的個性，自食其力比接受朋友的資助更快活，他說上了大學，如果還無法獨立更生的話就稱不上是男子漢。雖然我想盡自己的責任，但也不忍去傷害他的自尊心，所以就讓他依照自己的意願去做。

K依照自己的希望找到工作。不過，對於珍惜時間的他來說，那種工作有多麼辛苦不難想像。他仍然像以前一樣絲毫不鬆懈地努力用功讀書，就好像扛著新的包袱勇猛前進。我很擔心他的健康，但是個性剛毅的他只是笑一笑，根本不理會我的提醒。

在此同時，他和養父家的關係日趨難解，漸漸變得複雜。沒有餘暇的他，不像以前一樣和我商談，所以我對於事情的始末也不是很清楚，只知道問題愈來愈難以解決。我也知道有人嘗試協調。那個人寫信給K，催促他回故鄉，K卻說了句辦不到而不予理會。這就是K倔強的地方。雖然K解釋學期間無法回鄉，但這在對方看來，只會覺得K很頑固。事態似乎越發險惡。他傷害養父家感情的同時，也招來生父家的怨怒。我很擔心，所以寫信給他們，希望雙方能夠圓滿來處理事情，卻完全沒有任何效果。對方連一句話都沒回，就這樣音信全無，此事也頗讓我生氣。如今事情已經發展到這種地步，同情K的我，今後將置是非於度外，決心要和K站在一起。

最後，K終於恢復原籍。養父家所支付的一切費用，由生父家賠償。至此，生父家也決定不再照顧他，一切任由他去。照古代的說法，就是斷絕親子關係吧！或許沒這般嚴重，不過當事人做如此解釋。說起來K是一個沒母親的孩子，可以看出他的性格有繼母養育的影響。假使他的生母還在世的話，或許他和生父家的關係就不會有這麼大的隔閡。他的父親是僧侶，不過在講求人情義理這一點上，不禁令人感覺他反而更像個武士。

22

K的事情告一段落後，我收到他姊夫寄來的一封長信，K的養父就是這個人的親戚。K告訴過我，在周旋一切事情及恢復原籍時，他都很重視姊夫的意見。

信上寫著要我告知K後來的狀況，因為K的姊姊很擔心，拜託我儘早回信。K和姊姊的感情，比繼承寺院的哥哥還好。他們是同母姊弟，不過姊姊和K的年齡差距不小，因此這個姊姊對K來說，比繼母更像真正的母親。

我把信拿給K看，K沒說什麼。不過他透露，自己也收到姊姊寫來兩、三封內容差不多的信。K都有回信請她不必擔心。不幸的是，姊姊婆家的經濟並不富裕，無論怎麼同情K也無法給予物質上的援助。

我寫了一封和K同樣內容的信給他姊夫。信中，我強調萬一有什麼狀況，我會幫忙處理，請放心。這種想法原本就一直存在我心中。這完全出於本意，雖然也包含了讓擔心K未來的姊姊能夠安心的善意，也有出於回報K的生父家和養父家藐視我的不滿。

K恢復原籍是在大一的時候。從那時一直到大二學期中約一年半之久，他都靠自己的力量獨自支撐。但是過度勞累，逐漸影響到他的健康和精神。他和養父家的一些麻煩事也使他疲憊不堪。他變得愈來愈感傷，有時會說自己獨自背負著世間的不幸。若是勸他不要有這種想法，他馬上就變得很激動。原本光明的前途如今已漸漸黯淡，他對此感到焦慮。剛開始踏上學問之道時，任誰都是懷抱著偉大的抱負，展開新的旅程。一年、兩年過去，畢業前夕，才突然發現自己的腳步變得遲鈍，大部分的人在這時感到絕望也是理所當然，雖然K的情形也一樣，只不過他的焦慮更甚於一般人。我開始慎重思考如何安撫他的心情。

我勸他停下過多的工作，讓自己好好輕鬆一下，最好先修養身體以便將來走更遠的道路。我早就料到倔強的K不會輕易接受我的建議，然而真的勸說時，過程比想像中還費唇舌。K主張學問並不是他的目的，而是培養意志力的過程而已。他的結論是培養堅強意志力，一定要有艱困的環境。一般人聽起來，簡直是異想天開。事實上，在艱困的環境中，他的意志力並沒有變得更堅強，反而罹患神經衰弱症。莫可奈何之下，我只能表示心有戚戚焉。我也明白告訴他，自己也要向這樣的人生目標前進。（我所說的不全然是沒有誠意的空話。通常只要聽K一述說，就會漸漸認同他的看法，因為他有這種力量。）最後，我提議兩個人住在一起，齊肩並進。

為了軟化他的倔強，我甚至跪求他，經過一番苦勸，總算把他帶來我的住處。

23

我的房間外頭有一間四疊榻榻米大的備用房間。從玄關要到我的房間，一定得穿過這間四疊大的房間，就實用性而言，這是一間非常不方便的房間，我讓K住在這裡。我原本打算在我八疊大的房間擺兩張書桌，兩人共用一間，但K說即使狹窄還是一個人住比較好，所以選擇住小房間。

正如前面所說，一開始太太對我這樣的做法並不贊成。太太說分租的房子，一個人住比兩個人住方便，三個人比兩個人划算，但現在不是在做生意，最好別這樣做。我說這個朋友絕不會給別人添麻煩，她回答縱使不會添麻煩，但實在不歡迎一位不了解個性的人。我質問她，現在麻煩您照顧的我不也是一樣嗎？太太卻辯解說她一開始就很清楚我的個性。我露出苦笑。這時太太改變她的說法，說帶那個人來對我沒有好處，還是別帶來的好。我問她這為何對我沒有好處？這次換她露出苦笑。

坦白說，我沒必要強拉K到這裡同住。但是假如我把每個月房租擺在他面前，他的自尊心那麼強烈，一定不肯接受。所以我讓他跟我住在一起，在他不知情下直接把兩個人的費用拿給太太。關於K的經濟狀況，我沒有打算向太太提起。

我只提到K的健康情形。還說若是放任不管的話，他可能會變成一個孤僻的人。我順便把K和養父家關係惡劣，以及被生父家放逐等事說給她聽。我還告訴她，我抱著一種覺悟，想救即將溺斃的人，想散發自己的熱情給對方溫暖，所以才把K接來這裡。我也拜託太太和小姐以同樣的心情，一起來給K溫暖的照應。說到這裡，太太才漸漸被我說服。K不曾向我問起任何事，所以完全不知道事情的經過。我認為這樣反而很好，於是若無其事等著K搬進來。

太太和小姐親切地幫忙整理他的行李。我把這一切解釋為是看在我的面子上，她們才會如此幫忙，心中暗自竊喜。——儘管K依舊繃著那張臉。

我問K新居住起來如何，他只簡短回我一句還不錯。若是要我來說，豈止是不錯而已。他以前住的是朝北、濕氣重、充滿霉味的髒屋。三餐如同起居一樣粗糙。我認為他搬到這裡，總該會有出幽谷遷喬木的感覺。然而他完全沒顯示出那種感受神情，原因一是他的本性倔強，二是他的思想理念。他在佛教教義的環境中成長，認為奢侈的衣食住所是不道德的。他還讀了不少古代高僧或聖徒列傳，動不動就要把精神和肉體分開。或許他還認為唯有鞭策肉體，才能讓靈魂充滿光輝。

我採取盡量不去違逆對方的方式和他相處。就像把冰塊拿到向陽處設法讓它融化一樣，我認為只要冰塊融解成溫水，他自我覺醒的時機肯定會到來。

24

我也是受到太太的照料，心情才逐漸好轉。因為有這樣的自覺，所以也打算把這方法用在K身上。雖然長時間相處下來，我很清楚K的個性和我差異很大，但是我認為自己進入這個家以後，多少變得圓融些，K的心情遲早也會像我一樣變得穩定起來。

K的毅力比我強，讀書也比我加倍認真，天生資質也遠比我好。雖然後來我們所學不同無從比較，可是之前同班時，無論是國中還是高中，K的成績經常在我之上，我也察覺到平常自己處處不如他。這次我硬要K跟我住在一起，是因為我相信自己辨認事理的能力比他強。在我看來，他分不清自制和忍耐的區別。這件事我要為你特別說明，你要仔細好好聽著。無論是我們肉體還是精神方面，一切能力都可藉由外界的刺激而有所發展，但卻也可能遭受破壞，但是我們仍然需要漸漸增加刺激的強度。若不謹慎小心的話，縱使正往極度險惡的方向前進，別說是自己，恐怕連旁人也不會察覺。聽醫生說，再沒有比人類的胃袋更怠惰偷懶的東西了。若是一直吃粥的話，不知不覺中就會失去能力消化較硬的食物。所以醫生說無論什麼都要吃，才可以訓練胃的功能。我認為這不僅只是習慣的問題而已，而是隨著刺激逐漸增加，營養機能的吸收力也逐漸加強。相反地，胃的機能慢慢衰弱的結果又會如何？這只要稍加想像就能立刻了解。雖然K是一個比我傑出的人，卻完全沒有察覺這件事。他認定只要習慣困難，終究能克服困難。他深信在不斷經歷痛苦的過程中，有一天就不再會視其為痛苦。

我在說服K時，很想直接了當告訴他這些事。但是如果我說了，他必定會反駁，然後搬出古代聖賢的例子。那麼我非得清楚講述那些人和K的差異。倘若K能夠同意我的說法還好，不過以他的個性，肯定會和我爭辯到底。然後他必定身體力行，以行為去實踐他先前的言論。如此一來，他就成為一個可怕的人，同時也是了不起的人。他一面破壞自我一面前進，就結果而言，他不過是在粉碎自我的成功上表現卓越而已，而K又絕非平凡之輩。我太了解他的個性，以致於無法給他任何建議。如我前述，他多少有點神經衰弱，即使我試著去說服他，肯定會使他更激動。我不怕跟他爭執，只是回想不堪忍受孤獨困境的自己，我就不忍心讓好朋友和我處在一樣孤獨的境地。我更不願意逼他一步步陷入更孤獨的深淵。因此他搬進來以後，我不對他做任何批評，只是靜靜觀察周遭環境帶給他的影響。

25

我私下拜託太太和小姐，有空多和K說話。因為我相信他的情況是因獨自一人的沉默生活所引起。好比經常不用的鐵會鏽腐般，我認為他的心已經生鏽了。

太太笑說他是很難打交道的人。小姐還特地舉例子說明給我聽。當她問K火爐內有沒有火？他答說沒有。小姐說要幫忙點火，他卻拒絕說不必。再問K會不會冷，他只答說雖然冷但不必點火，之後不再回應。我聽了這些只是苦笑，也覺得過意不去而想講些話轉圜。那時已是春天，沒必要強為他點火爐，可是他不好相處也是事實。

因此，我盡量以自己為中心，設法拉攏母女兩和K之間的關係。當我和K談話時，就把她們叫過來，或者當我和母女共處一室時，也叫K過來，總之就當時的情況，想辦法讓他們彼此接近。K當然不太喜歡我這樣做，有時會突然起身離去。K認為談那些不著邊際的話，有何意義。我只是笑一笑，但我心中很清楚K為此而看輕我。

就某種意義來看，我實際上確實應該被他輕蔑。因為他比我看得更高更遠，而我也不否認。但光是眼界高而沒有其他條件配合，也無法成事。我總是優先考慮如何讓他更像一個正常人。無論他的腦中充滿多少偉人的形象，只要他本身無法變得偉大，一切就是空談。為了讓他像正常人，我所使出的第一個手段，就是讓他坐在異性旁邊。我想試試看，使他感受現場營造出來的氣氛，讓已經生鏽的血液煥然一新。

這個嘗試漸漸成功，剛開始看起來很難融合，慢慢愈來愈融洽。他似乎一點一點領悟到自己身外的世界。有一天，他對我說女人不應該受到輕視。原本K認為女人也應該像男人具有同樣的知識和學問，他因為找不到這樣的女人，而輕視女人。從前的他不了解要依性別的差異改變立場，總是以同一視線觀察男女。我對他說，假如永遠都只是依我們兩個男人的觀點談論，我們的想法只會往直線前方一直延伸下去，一成不變。他答說確實如此。當時的我傾慕小姐，自然而然會說出那種話。不過，我並未對他洩漏半句自己內心的感情事。

向來只會把自己關在書城中的K，心胸漸漸開朗起來，看到這樣的發展，我比誰都高興。我一開始就是為這個目的而努力，不能不對事情的成功而感到欣喜。我沒有向他表露喜悅，卻對太太和小姐談起我的想法，她們母女看起來也感到很滿意。

26

雖然K和我同科系，但因為專攻學科不一樣，所以出門返家的時間不同。如果我比較早回來就直接穿過他的房間，如果比較晚回來，在和他簡單打個招呼後，就進去自己房間。照例K會把視線從書本中移開，看一下拉開紙門的我。然後招呼一聲：「你回來啦。」有時我什麼都不回答只點個頭，有時也會回一聲「嗯」就走過去。

有一天，我有事到神田，回家的時間比平日晚得多。我快步走到大門前，一把拉開格子門，同時聽到小姐的聲音。那聲音的確是從K的房間傳出來。從玄關往前直走，就是茶間、然後小姐的房間，往左轉就是K的房間還有我的房間，屋內的格局大致是如此。因為我已經在這裡住上好一陣子，所以立刻能夠分辨聲音是出自哪裡、誰的聲音。我立刻關上格子門。此時，小姐的聲音也隨即停止。我彎腰解鞋帶時——當時我穿著最時髦而費事的長靴，K的房內沒有任何動靜。我覺得很奇怪，因此還以為是自己聽錯。我像平日穿過K的房間，打開紙門一看，兩人確實端坐在房內。K照例招呼：「你回來啦。」小姐也坐著招呼我一聲：「回來了。」可能是我多心，總覺得這簡單的招呼，聽起來有些生硬而不太自然。我問小姐：「太太呢？」我的訊問沒有特別的意義，只是覺得家裡怎麼比平日安靜許多。

太太果然不在家，女傭也跟著太太一起出門。因此，家裡只剩下K和小姐。我低頭想了一下，我搬來這麼久，太太從來不曾讓我和小姐單獨在家。我問小姐，太太是不是有什麼急事出門。小姐只是笑笑。我最討厭女人在這種時候光笑。說起來，這也許是年輕女子的共通點，小姐經常因為一些無聊事而笑。不過，小姐一看我的臉色不對，立刻恢復平日的表情，老實地答說：「不是急事，只是有一點事。」身為房客的我，當然沒有權力多問。於是我沉默不語。

我換好衣服，正猶豫要不要坐下加入他們時，太太和女傭回來了。不久大家就在餐桌上碰頭。我剛住進來時，她們凡事都把我當客人看待，每日三餐，女傭都會把飯菜送到我房間，不知不覺中便不再如此，而是習慣直接叫我到飯廳一起用餐。K搬進來時，我也主張他跟我一樣在餐廳用餐。為此，我送給太太一張薄木板製、可折疊的奢華餐桌。雖然現在家家都有這樣的餐桌，但在當時能圍在這樣的餐桌用餐的家庭，是很罕見的。這是我特地到御茶水的家具行，想辦法按照我的設計訂做出來。

餐桌上我聽見太太解釋著，因為今天魚販沒來，所以非得上街去買菜不可。我聽完後覺得，為了供房客膳食，這樣做完全合情合理。小姐看到我的表情又笑了出來。但太太一叱責，小姐的笑容立即止住。

27

過了一星期，我再度穿過K和小姐正在談話的房間。那時，小姐一看到我的臉就笑，假如我馬上問她有什麼好笑就好了。我只是默不作聲走進自己的房間。所以K也無法像平日一樣跟我打招呼。隨後，小姐好像立刻拉開紙門，回到茶間。

晚餐時，小姐說我是個怪人。當時我也沒問她哪裡怪，只發現太太正瞪著小姐。

餐後，我和K出去散步。兩個人從傳通院的後方繞過植物園前的大街，往富坂的下方走過去。雖然這一條步道不算短，其間卻很少交談。就個性而言，K比我還沉默。雖然我也不是一個話多的人，我邊走邊盡量找話跟他聊。我的話題主要還是有關太太和小姐，我很想知道他對她們母女兩的看法。可是他的回答含糊沒有重點，且非常簡單。他似乎對於學業方面的關心更甚於她們母女兩人。那時正是第二學年考試逼近的時候，以一般人的立場看來，他就是一個學生。然後，他向我提到史威登堡[10]如何如何，讓沒學問的我感到非常驚訝。

我們順利通過考試之後，剩下一年就可以畢業，太太為此很高興。事實上，唯一可讓太太驕傲的小姐，不久也會跟著畢業。K對我說女人通常什麼都沒學到就從

10 史威登堡（Emanuel Swedenborg,1688-1772）瑞典科學家、哲學家和神學家。

學校畢業了。K似乎對於小姐除了課業外，所學習的縫紉、古琴、花道等根本不看在眼裡。我笑他迂腐，又把以前討論的事在他面前說一次，女人的價值不在學問。他沒特別反駁，也看不出贊同的樣子。對此我感到很愉快，尤其從他那一聲「哼」當中，可以看出他依舊鄙視女人。我所認識那個可以作為女人代表的小姐，他好像也毫不在乎的樣子。如今回想起來，那時我對K已經萌生妒忌。

當我和K討論暑假要到哪裡時，他的口氣聽來好像哪裡都不想去。他當然不是一個可以隨心所欲到處旅行的人，不過只要我邀他，他去哪裡都不成問題。我問他為什麼不想去呢？他說沒有任何理由，只想在家讀自己想讀的書。我告訴他到涼快的避暑地讀書對身體比較好，他卻叫我自己一個人去就好。但是我不願意留下K，自己一個人前往。因為我看到K和家裡的人愈來愈親近，我的心裡就不舒服。這原是我的冀望，為何心情反而惡劣？只能說我是一個傻瓜。太太看不下兩人各持己見的結果，於是居中協調。終於我們決定前往房州。

28

K是一個不常出外旅行的人，我也是第一次到房州。兩人什麼都不知道，所以當船在第一站靠岸時，我們趕緊下船。上岸的地方記得叫保田。我不知道現在變成什麼樣子，那時真是一個糟透的漁村，到處充滿魚腥味。下海戲水，海浪一打過來手腳立刻皮破血流，因為海浪中夾帶著拳頭大的小石子。

我很快就討厭這地方，可是K卻未置可否。至少他是一副蠻不在乎的模樣，儘管他每次下水總是會受傷。後來我說服他一起前往富浦，又從富浦移到那古。當時那一帶是學生聚集的地方，所以到處都有適合我們的海水浴場。K和我經常坐在海邊岸石上，眺望遠方的海景和近處的水底。從岩石上往下俯視的水，看起來特別漂亮。有各種顏色的小魚，紅色、藍色，也有一般市場看不到的顏色，小魚在清澈的水中到處悠游，色彩顯得非常豔麗。

我總是坐在那裡翻書閱讀，K通常都是什麼也不做地沉默不語。我完全不知道他是陷入沉思、欣賞眼前的美景，還是在勾勒自己的想像。我不時抬頭問K在做什麼。K只答我一句：「什麼都沒做。」我經常會想，假如靜靜坐在自己身旁的人不是K而是小姐，那不知有多愉快。如果只是這樣想也就罷了，有時突然懷疑坐在岩石上的K是否和我有一樣的想法。如此一想，原本平靜讀書的心情，忽然就變得很煩躁。我會出其不意地站起來，毫無顧忌地發出怒吼聲。我無法放鬆心情饒有趣味地吟詠詩句或和歌，只能像個野蠻人般叫嚷。有一次我突然從後方抓住K的後頸子問，就這樣把你推到海底如何？K動都不動依然背對著我，只回答：「很好，動手吧。」我立刻放開抓住他脖子的手。

這時候K的神經衰弱症大致上已經好轉，相反地我卻變得愈來愈敏感。我看到比自己鎮定的K，感到很羨慕，也很憎恨。因為他總不把我當一回事，那就像是一種自信的反映，不過縱使認同那種自信，我也無法滿意。我的疑心病再度發作，我對自己這種性格感到很沮喪。他在學業和事業方面，是否恢復以前那種充滿光明前途的信心？如果只是這樣，我和K就不應該有任何利害衝突。我反而會為自己的付出感到高興。假如他的心平氣和是源於對小姐的愛慕，我一定無法原諒他。最不可思議的是，他好像沒有發現我暗戀小姐的事。當然我也不會故意做出引他注意的舉動。K本來就是對這種事很遲鈍的人，一開始我就是認為像K這種人不會有問題，才安心地把他帶進家裡來。

29

我曾下定決心要向K坦白自己的心事。這種想法也不是那時候才有，從還沒出門旅行前，我心裡就一直這麼想。可是我總無法順利抓住坦白的時機，也不會製造坦白的機會。如今回想起來，當時我周圍的人都很奇妙。沒有一個人深入談論有關女人的事，大部分的人都沒有這方面的話題可談，縱使有的話，一般情況也都是緘默不語。生活在當今風潮比較自由的你們看來，必定會覺得很奇怪吧！那到底是道學的遺風，還是一種靦腆，就由你自己去判斷。

K和我無事不談。偶而也會談論愛情及戀愛的問題，不過總是流於抽象的泛論。當然那是很少談及的話題，我們所談的內容，大抵都是書籍、未來的事業、抱負和修養等。無論如何親近，如此一本正經的兩個人，也沒辦法突然就改變。兩個人之間既嚴肅又親近。自從打算向K坦白對小姐的愛慕，我不知有多少次因開不了口而感到懊惱。我甚至很想把K的腦袋瓜打個洞，把溫柔的空氣從那個洞灌進去，讓他的心思變細膩些。

你們看來荒唐可笑的事，對那時的我來說卻是現實上的大難題。我不管在旅行還是在家裡，都一樣的懦弱。我邊觀察K邊想抓住機會，奇怪的是，對於他那種清高的態度卻完全使不出力。對我而言，他的心臟周圍如同被塗了厚厚的黑漆那樣堅固，我想要注入鮮血，卻是一滴也到不了心臟就全被彈了回來。

有時候，K表現出很清高的樣子，我反而比較安心。我暗中很後悔自己的疑神疑鬼，同時也對K感到很抱歉。我一面感到抱歉一面又覺得自己是一個卑怯的人，突然間心情就惡劣起來。過一陣子後，先前的猜疑再度出現，強烈地衝擊過來。由於一切都是從猜疑來計算，所以一切都對我不利。外表看起來K比較吸引女人，他的個性不像我這般計較，應該較受到異性青睞。他看起來大而化之，又很有男子氣概，也比我更具優勢。說到學問，雖然所學不一樣，但我自知無法和K匹敵。——當對方的所有優點再次呈現在我眼前時，稍微放心的我立刻又開始惴惴不安。

K看到我心神不寧的樣子，就說假如討厭這裡，就回東京去吧。他這麼一說，我突然不想回去了。實際上，也許我是因為不希望K回東京。兩人繞過房州的海角走到對面那一邊。烈日曝曬下，帶著痛苦的想法走得十分難受，路人說到上總只有一里路，我們卻走得叫苦連天。我完全不明白這樣走的意義為何，我半開玩笑對K這麼說。K答說因為有腳，所以就要走。酷暑難當時，我們說聲「下海吧！」也不管那是哪裡就泡進潮水中。然後，繼續又曝曬在艷陽下，因此弄得疲憊不堪。

30

如此這般地走，在酷暑和疲憊之下，身體狀況自然變得不正常。可是這和生病不一樣，而是好像自己的靈魂突然借宿在別人身體的那種感覺。我如往常般和K談話，卻總覺脫離了往常的心情。我對他的親密感和憎惡感，變成限於旅途中一種特別的情緒。總之，兩個人因為暑熱、弄潮、徒步，產生一種和以往不同的新關係。當時的我們宛如結伴同行的行商，無論如何交談也都和平常不一樣，完全沒有觸及必須動腦的事情。

我們就在這種情況下，終於走到銚子，在途中只有一件事，我至今難忘。在還沒離開房州前，兩人跑到一處叫做小湊的地方參觀「鯛之浦」[11]。雖然已經過多年，我還不曾碰過比那更有趣的事，我記不太清楚，聽說那是日蓮誕生的村子。傳

---

11 鯛之浦，為千葉縣南部、鴨川市海岸。為鯛魚的棲息地，被指定為特別天然紀念物。傳說是日本僧侶日蓮誕生之際，大鯛跳上岸的地點。

說日蓮誕生那一天，有二尾鯛魚被沖上沙灘。此後，村子內的漁夫不再捕抓鯛魚，因此內海一帶聚集很多鯛魚。我們雇了一艘小船，特地出海去看鯛魚。

當時，我專注凝視波浪中的情景。發現波浪中游動的鯛魚帶著淡紫的顏色，相當有趣，我感覺新奇而凝神眺望。可是K不像我這般趣味盎然，他頭腦所想的，可能是日蓮而不是鯛魚。剛好那裡有一座誕生寺，因為是日蓮出生的村子，所以取名為誕生寺，那是一座宏偉的寺院。K說想到寺院去見住持。坦白說，那時我們的衣著實在邋遢。K的帽子被吹到海裡，於是去買了一頂草帽戴。我們的衣服不僅污穢不堪且還發出汗臭味。我勸他這模樣還是不要去見住持比較好。固執的K不聽勸，只說如果我介意的話，就在外頭等。我沒辦法，只好跟他一起來到門口，心中暗想一定會被拒絕。未料寺院的和尚非常客氣，帶著我們到一間寬敞、氣派的大廳，並立刻為我們引見住持。那時的我和K的想法差異極大，沒有注意聽住持說話。K不斷向住持詢問日蓮的事情，當住持說日蓮的草書寫得很好，好到有「草日蓮」之稱時，我還記得字寫得拙劣的K露出無趣的表情。我想K對於日蓮深奧的哲理比對他的字更感興趣，我很懷疑住持是否能夠滿足K的這點需求。離開寺院後，K一直對我講述日蓮的事蹟。我熱到精疲力竭，對那些事也不是很感興趣，只是在嘴巴上隨便應付兩句。後來連這樣都嫌麻煩，乾脆都不搭腔。

我記得應該是隔天晚上的事，兩人抵達住宿地，用過晚餐正準備睡覺前，突然討論起艱深的問題。K提起昨天跟我講述日蓮時，我不搭理，讓他覺得很不痛快。他還說不提升精神層次的人就是愚蠢，總覺得我是一個膚淺的人。即使我整顆心都被小姐占據，但對他這種幾近侮蔑的話語實在無法一笑置之。於是，我開始為自己辯解。

31

當時，我不停地使用「人情味」這個用語。K說我把自己全部的弱點，隱藏在所謂人情味這個用語當中。之後回想起來，確實如K所說，但我是為了說服沒有人情味的K才使用這個用語。其出發點已具有對抗之意，我卻沒有時間去自我反省，因此更堅持自己的主張。於是K質問我，他到底哪裡沒人情味。我告訴他——你可有人情味了，也許該說太過於有人情味。只是你講出的話沒人情味，還有你的行事作風也沒人情味。

我如此說時，他只回答也許自己修養不夠，才會讓別人這樣認為，他沒有試圖再反駁我。與其說是失去辯論對手，不如說我同情他，我也不願再辯下去。他的態度漸漸消沉。他悵然地說，假如我了解他所知悉的古人，就不會那樣攻擊他。K口中所說的古人，既非英雄也非豪傑，而是指為了靈魂而苦役肉體，為了求道而鞭策身體的苦行者。K遺憾地明白表示，他不知道這樣做會受到怎樣的痛苦。

說到這裡，K和我就此入睡。翌日，我們好像又恢復行商的態度，汗流浹背地辛苦向前走。一路上我不時會想起那一晚的事，總忍不住悔恨，有那麼好的機會，為什麼我要裝作若無其事地讓機會白白溜走。我若不講人情味這種抽象用語，而是直接了當用簡單的話向K表白一切就好了。坦白說，我會創造出那種用語，也是基於我對小姐的感情，與其把事實化成理論說給K聽，不如把真相直接呈現在他的眼前，對我更有利。我必須坦承，我之所以無法做到，是因為兩人之間的親密交情是以學問為基調，自然而然形成一種惰性，使我欠缺下定決心去突破的勇氣。無論說是裝腔作勢，還是說虛榮心作祟都一樣，不過我這裡所謂的裝腔作勢和虛榮心作祟的意義和一般稍有不同。假如你能夠聽懂這些，我便心滿意足了。

我們曬得黑黝黝的回到東京。回到東京，我的心情又轉變了。有無人情味的詭辯，幾乎不存在我腦海中。K那種像似宗教家的模樣也完全消失，恐怕他的內心裡，那時候靈魂和肉體的問題也通通不存在了。兩人好像異地人，東張西望看著忙碌的東京。然後來到兩國，雖然天氣很熱，我們還是跑去吃雞肉火鍋。K趁勢提議走路回小石川，因為我的體力比K還好，我欣然答應。

回到家時，太太看到兩人的模樣大吃一驚。兩人不只曬得黝黑，也因為拼命走路而變得削瘦。太太稱讚我們看起來更結實了。小姐說太太自相矛盾的說法真是好笑，自己又笑了出來。旅行前經常為此生氣的我，只有那時真心感到愉快。也許是情況不同，還有許久沒聽到小姐笑聲的緣故吧。

32

不僅如此，我發現小姐的態度和以前相比也有一點改變。長時間旅途歸來，要安頓回歸正常的生活，萬事都必須依賴女人的幫忙。除了太太的照顧，看得出來小姐凡事都以我為優先，再處理K的事。如果小姐露骨地這樣做，或許我會感到困擾，有時候反而會引發不愉快，但因為小姐的做法非常得體，讓我感到很高興。總之，小姐以只有我能感受到的溫柔來照料我，所以K也沒有露出不悅的神情。我在心中悄悄地對他奏起凱歌。

夏天過去，九月中旬起我們必須回學校上課。K和我因為選課不同，進出家門的時間也不一樣。我一週約有三次比K晚歸，每次回家，都沒看到小姐出現在K的房間。K照例地看著我，一如往常地重複那句「你回來啦！」我也如機器般，簡單無意義地點點頭。

我記得那是十月中旬的事，我因為睡過頭，直接穿著家居服去學校，也沒時間穿上長靴，所以穿上草鞋就飛奔出門。按照那一天的課表，我應該比K早到家。我返家時，一把拉開格子門，卻聽到理應還沒回到家的K發出聲音，同時又傳來小姐的笑聲。我並非穿著平日那雙穿脫費事的長靴，所以立刻走進去拉開紙門。我看到一如往常坐在書桌前的K，不見小姐的蹤影，不過我彷彿瞥見小姐從K的房間溜走的背影。我問K怎麼這麼早回來？K答說因為心情不好，所以沒去上課。我回到自己的房間坐下來沒多久，小姐端茶進來，才向我打招呼。我不是那種精通世故到可以邊笑邊問她「剛才為什麼逃走？」的男子，而是會將事情擱在心中一直介意的人。小姐馬上起身，沿著廊下走到對面。她站在K的房門前，交談了兩三句話。好像是繼續剛才的談話，我因為沒聽到他們前面所說的內容，所以完全一頭霧水。

後來，小姐的態度變得愈來愈不在乎。縱使K和我都在家，她也經常跑到K的房間廊下叫他的名字，然後進到K的房間待一陣子。有時是幫忙拿信件，有時是送洗好的衣物，既然是同住一個屋簷下的兩個人，這種事情也免不了。可是對於強烈想獨占小姐的我來說，無論怎麼看都覺得那些事已經超乎常理。有時候，我甚至會認為小姐故意不到我的房間，只想去K那裡。也許你會問我，既然如此為何不讓K搬出去？假如這樣做的話，我硬要K搬來跟我一起住的好意就不成立了。那種事我做不出來。

33

十一月，某個下雨的寒冷日子。我的外套被雨淋濕，穿過供奉蒟蒻閻魔[12]的源覺寺，爬上窄窄的坡道回到家。K的房間空無一人，火爐裡新添的柴火還溫暖地燃

12 東京文京區源覺寺供奉的閻羅王，到此地膜拜的人以蒟蒻為供物。

燒著。我也想快點把冰冷的手放在火紅的炭火上烘一烘，急忙拉開自己房間的紙門，卻只看到我的火爐中只剩灰白色的灰燼，火種也已燒盡。我不禁感到一陣不快。

那時候，太太聽到我的腳步聲，走了出來。她看到我默默站在房間正中央，很過意不去地幫我把外套脫掉，又幫我穿上和服。她聽到我喊冷，趕緊從隔壁把K的火爐拿過來。我問太太，K回來了嗎？太太說回來又出去了。那一天，K應該比我晚回來才對，不知道什麼原因而早退。太太說大概有事情要辦吧！

我坐下來，看一會兒書。家裡靜悄悄，沒有一點聲音，我感覺到初冬的寒氣和寂寥。我闔上書本站起來，突然很想跑去熱鬧的地方。雨已停歇，天空的雲層仍如冰冷的鉛塊般厚重。為防萬一，我帶著一把蛇目紋紙傘，沿著砲兵工廠後方的土牆，往東邊的坡路走下去。那時候道路尚未整修，坡道遠比現在還要陡。道路很狹窄，又彎彎曲曲。往谷底走下去，南側被高大建築物堵住，排水又不好，道路泥濘不堪。特別是過了狹窄石橋，柳町街上那一段路更是難走，縱使穿著高木屐或長靴也是寸步難行。因為泥巴被撥到路兩旁，中央自然而然形成一條細長的空隙，大家都小心翼翼地走在那上面。由於空隙寬度只有一、二尺寬，所有人為了踩在路中央鋪出的帶狀路，都成一列魚貫而行。我竟然在那一條細窄的帶狀路上，和K碰個正著。由於我一直在注意自己的腳下，直到和他面對面才發現他。我不經意抬起頭看到擋在自己前頭的人，才認出是K。我問K去哪裡？他以一貫淡淡的口吻答說附近而已，就沒再說什麼。K和我在細窄的帶狀路上擦身而過，此時看到一位年輕女子緊跟在K後頭。由於我近視眼，所以看不太清楚，直到K走過去後看到那女子的臉，才發現竟然是小姐，這實在叫我驚訝。小姐的臉上微微泛著紅暈跟我打招呼。那時候的髮型不像現在留著瀏海，而是把頭髮像蛇般整個盤在頭頂上。我呆望著小姐的頭，下一瞬間才驚覺我應該讓路給小姐。我毫不猶豫將一隻腳踩進淤泥中，空出位子讓小姐方便通過。

走出柳町後，自己也不知道該往何處去，感覺不管去哪裡都很沒意思。我有些自暴自棄地踩在爛泥巴中，任憑泥巴飛濺也蠻不在乎，然後一路走回家。

34

我問K是不是跟小姐一起出去，K回答說不是，然後又說明他是在真砂町巧遇小姐才一起回來。聽完後，我也無法再繼續追問下去。晚餐時，我對小姐問起同樣的問題，小姐露出我討厭的那種笑容說：「你猜猜我去了哪裡？」那時候我很容易動怒，看到年輕女子這般不當一回事，立刻就一肚子火。不過同桌吃飯的人，只有太太發覺我生氣了，K則是一副沒事的樣子。我實在難以分辨小姐的態度，到底是明知故犯要惹我生氣，還是不懂事的天真無邪，這之間的區別並不明顯。就年輕女子而言，小姐算是思慮周詳的人，可是我所厭惡的那些年輕女子的毛病，她也不是沒有。而且那些我所厭惡的事，都是K來了以後，才出現在我眼前。我到底要把那些事歸咎於我對K的嫉妒，還是當成小姐玩弄我的手段，我有些迷惑。至今我仍不否認自己當時的嫉妒心。正如我屢次反覆所說，在愛的背面可以明顯意識到這種情緒的發酵。縱使在旁人看來根本是微不足道的瑣事，這種情緒還是會產生。雖然是題外話，這種嫉妒不就是愛的另一面嗎？結婚後，我自覺這種情緒漸漸淡薄。另一方面，愛情也不復從前般熾熱。

我也曾考慮把心一橫，將自己這種躊躇的感情毅然決然地告知對方。我所謂的對方，不是小姐而是太太。我考慮跟太太把話說清楚，請她把小姐嫁給我。雖然我有這個決心，卻日復一日遲遲未付諸執行。我似乎是一個優柔寡斷的男人，有人要這麼認為也無所謂。實際上，我之所以裹足不前，並非意志力不足。K還沒來之前，不願意中人家圈套的想法就壓抑著我。K來了之後，懷疑小姐中意的人是K的念頭牽制著我。若小姐果真比較傾心於K，我認為這種戀情就沒有說出口的價值。這和所謂碰釘子而感到痛苦的想法稍有不同。無論我如何愛慕她，對方若將愛的眼神灌注在別人身上，我不願意和這樣的女人在一起。世間上有人不管對方願不願意，只要娶到自己喜歡的女人就感到很高興，當時我認為這種男人不是老滑頭，就是不懂愛情心理的蠢蛋。只要追求到手就可以安定下來的理論，是我這個熱情男人所無法苟同的想法。換言之，我是一個追求極高尚愛情的理論家，同時也是一個講究迂迴愛情的務實者。

雖然長時間住在一起，我時常有機會向我珍惜的小姐直接表達自己的心意，可是我卻故意避開這種機會。因為就日本的習慣不允許那種事，當時的我對此有很強烈的自覺。但束縛我的不只是那種習慣，我認為日本人，特別是年輕的女子，在面對男子的告白時，是缺乏毫不顧慮、輕鬆地照實把自己的想法說給對方聽的勇氣。

35

基於那緣故，使我朝任何方向都無法前進，只能杵在原地。那就像身體不舒服睡午覺，雖然睜開眼睛清楚地看到周圍的一切，手腳卻無法動彈。我時常感覺到那種不為人知的痛苦。

一年已盡，時序轉入春。有一天太太跟K說想要玩和歌紙牌，希望他邀朋友來家裡，K立刻回答說他連一個朋友都沒有，太太露出驚訝的神情。原來K連一個可以稱得上朋友的人都沒有。偶而在路上碰到會打招呼的朋友多少有幾個，但絕不是可以一起玩牌的朋友。太太於是又說，那就去找我認識的人來玩。碰巧我沒心情玩這種熱鬧的遊戲，就隨便敷衍兩句。當晚，K和我還是被小姐硬拉出去玩和歌紙牌。由於沒有其他客人，只有家裡的幾個人玩紙牌，所以顯得很安靜。加上K對於這種遊戲不擅長，簡直就像旁觀者一樣。我問K，到底知不知道百人一首[13]？K回答，不太清楚。小姐聽到我的問話，大概是認為我輕視K，很明顯地站在K那一方，最後兩人幾乎成為一組聯合對抗我。假如他們太過火，說不定我會跟他們吵架。還好K的態度從頭到尾都沒變，完全沒有一點得意洋洋，這件事就如此平靜落幕。

在那之後又過了兩、三天，太太和小姐一早就出門到市谷的親戚家。K和我因為還沒開學，所以留下來看家。我沒心情讀書，也不想出去散步，只是漠然把手肘放在火爐邊緣，托著腮凝思。隔壁房的K也沒有一點聲音。寂靜得無法察覺對方是否存在。原本這種事在兩人之間已是司空見慣，所以我沒有特別放在心上。

十點左右，K出其不意拉開隔間的紙門，和我面對面相視。他站在門檻上，問我在想什麼。我根本沒在想任何事，假如有的話，也許還是和平常一樣在想小姐的問題。想到小姐的事當然也離不開太太，最近K也經常在我的腦海中縈繞而揮之不去，所以這個問題變得很複雜。雖然和K面對面相視，我彷彿下意識把他當成礙事的人，卻也無法清楚答說就是這樣。我依然沉默地看著他。於是，K逕自走進我房間，坐在我正在取暖的火爐前方。我立刻把靠在火爐邊緣的雙肘放下來，把火爐往K那邊挪過去。

K開始談起不同以往的話題。他問我，太太和小姐去市谷的哪裡？我答說，大

13 原指日本鎌倉時代歌人藤原定家的私撰和歌集，集合一百位歌人的傑出作品，集結成《百人一首》。利用《百人一首》製作而成的和歌紙牌所進行的遊戲，從江戶時代中期盛行至今。

概是去阿姨家。K又問我，那個阿姨究竟是誰？我告訴他，應該也是軍人的妻子吧！於是他又問，女人不都是正月十五日後才開始出門拜年嗎？為什麼她們那麼早就出門？我除了回答不知道外，其他也無話可說。

36

K不斷詢問太太和小姐的事，最後深入到連我都答不出來。與其說我覺得他很囉唆，不如說我有一種不可思議的感覺。我想起以前每當我談起她們兩人時K的反應，我無法不察覺他的態度確實改變了。我終於忍不住問他，今天為什麼一直問這些問題？他突然沉默不語，我注視著他緊閉雙唇的嘴角微微顫抖。他原本就是一個沉默寡言的人。平時想說話前，經常會有先閉嘴像在細嚼什麼的習慣。他的嘴唇好似故意要反抗他的意志般難以張開，卻充滿了載不動的話語。他的話低沉到讓人有些聽不清楚，一旦脫口而出，他的聲音比一般人更強而有力。

我凝視他的嘴角，直覺他有話要說，但對於談話的內容毫無心理準備，因此感到非常震驚。請你想像一下，當我聽到從他沉重的口中說出他對小姐的愛慕之情時，我就像被他的魔杖點成化石，連稍微動一下嘴巴都辦不到。

當時的我，該說是害怕或是痛苦？從頭到腳急速凝結成化石，好似石頭或鋼鐵般堅硬，連呼吸也失調，還好這種情況並未持續很久。一瞬間，我恢復常態，立刻發現自己的失策，又被他捷足先登了。

然而，我完全不知道該怎麼做，恐怕是連思考的時間都沒有。腋下冒出的冷汗已經濕透襯衫，我只是忍耐著不動。其間，K以一貫慎重的口吻斷斷續續說出自己的心事。我痛苦不堪。我想我的痛苦，恐怕就像大型廣告般清楚地把「痛苦」兩字貼在我的臉上吧！K也不至於沒有察覺到，但他當時完全專注於表白自己的事，根本無暇注意我的表情。他的告白從頭到尾都是同樣的語氣，雖然沉重平淡，卻讓我感覺到他的心意不會輕易動搖。我的心思，一半在聽他的告白，一半則是混亂地思索該怎麼辦。我幾乎聽不到他所說的細節，只覺得他說話的聲調強烈震撼我的胸口。因此，我不僅感到前述的痛苦，更籠罩在一種恐怖感之中，一種萌生對方比自己強的恐怖念頭。

當K全部說完後，我一句話都說不出口。我並不是默默地在考慮對策，諸如是否該在他面前做出同樣的告白，或者不要坦承才是上策之類的利害得失。我只是什麼都說不出來，也什麼都不想說。

午餐時，K和我相對而坐。女傭在一旁伺候，我吃了一餐食不知味的飯。兩人在用餐中幾乎都沒開口說話，也不知道太太和小姐何時回家。

37

兩人各自回房後就沒再碰面了。K一如上午那樣安靜，我則是陷入沉思中。

我認為應該把自己的心事向K表明，可是又覺得告訴他的時機已過，後悔剛才為何不打斷K的話並反擊？那是很大的失誤。至少也該在K講完之後，當場把自己所思所想講出來。現在K的表白已告一段落，我再去說同樣的事，怎麼想都覺得不妥當。我不知道如何可以戰勝這種不自然的表白方法，只是滿腦子悔恨。

我心想，如果K再次拉開隔間的紙門闖進來就好了。對我而言，剛才簡直像遭到出其不意的突擊，我沒有任何對應K的準備。這次我抱著決心，要把上午失去的全要回來。因此我不時地抬頭盯著紙門。然而，無論多久，紙門都未拉開。K那邊也一直悄然無聲。

我的頭腦漸漸被這種寂靜給攪亂。一想到現在K在紙門那一頭想些什麼，我就在意到無法忍受。平日兩人也經常隔著一扇紙門靜默無聲，平常K愈是安靜我愈會忘記他的存在，但當時的我焦躁不安幾乎要發狂。既使那樣，我卻無法自己拉開那一扇紙門。一旦錯失坦承機會的我，除了等待對方再次出手外也無可奈何。

最後，我實在沒辦法枯坐久等，老想衝進K的房間。我只得起身走到廊下，再從那裡走進茶間，雖然不覺得口渴，卻拿起熱水瓶倒了一杯熱開水喝下去，然後走出玄關，刻意迴避K的房間。我走在大街上，才發現自己的做法是故意避開K的房間。我當然沒有特定的目的地，只因為在房裡坐不住才跑出來。因此不管哪個方向都無所謂，我就在新年的街道上漫無目的閒逛。可是無論我怎麼走，滿腦子想的都是K。我不是為了擺脫K而到處閒晃，而是想要仔細咀嚼他的態度，思考K給我的所有印象才徘徊街頭。

首先，我認為他是一個難以理解的人。他為什麼突然向我告白那件事？他對小姐的愛慕之深已到非表白不可的地步了嗎？平常那個剛毅嚴肅的他被風吹到哪裡去了？這一切對我而言都是難解的問題。我知道他很堅強，也知道他絕對認真。在決定採取何種態度之前，我必須再多問點關於他的事。同時，我想到今後還要面對他，立刻產生非常嫌惡的感覺。我茫然地在街道上遊走，眼前一直浮現他獨坐自己房內的身影。而且無論我走了多遠，彷彿都會聽見不知從何處傳來「你終究無法撼動他」的聲音。可能我已經將他視為魔鬼了吧！我甚至覺得自己會永遠被他詛咒。

我疲憊地回到家時，他的房間依然如無人般靜悄悄。

38

我到家不久，就聽到人力車的聲音。那時候的車輪不像現在是橡膠製，老遠就會傳來嘎啦嘎啦那種惱人的聲音。不久後，車子就停在門前。

大約過了三十分鐘，我被叫去吃飯，太太和小姐的外出服隨意丟在隔壁房間，只見雜亂中裝點艷麗的色彩。說是怕晚歸對我們過意不去，所以趕緊回來準備晚餐。然而，太太的這種體貼對K和我幾乎無效。我坐在餐桌上惜話如金，只是冷冷寒暄而已。K比我更沉默寡言。難得母女連袂外出，心情比平日好很多，更顯得我們的態度冷漠。太太問我怎麼了？我答說，有點不舒服。實際上，我是心情不好。

小姐也問K同樣的問題，K不像我答說不舒服，只說是不想說話。小姐追問，為什麼不想說話？此時，低頭伏目的我才睜開沉重的眼皮看著K。我很好奇K會怎麼回答。K的嘴唇照例又微微顫抖。看到那樣，不了解他習慣的人只會認為他不知該如何回答。小姐邊笑邊說，又在思考什麼困難的事情吧！K的臉稍稍紅起來。

那一晚，我比平日還早就寢。太太很擔心晚餐時我說自己不舒服，十點左右端了一碗熱湯麵來。那時我的房間漆黑一片。太太嚷著「啊呀！啊呀！」將隔間的紙門拉開一條縫隙，矇矓的燈光從K的書桌斜射進我的房間。看到K坐在書桌前還沒起身。太太坐在床邊，說我大概是感冒了，讓身體暖和一下比較好，就把湯麵端到我面前。我不得已，只好當著太太的面，咕嚕咕嚕把整碗麵吃下去。

我在黑暗中一直思索到深夜。但只是繞著一個問題打轉，根本無法解決。我突然想到K此刻到底在隔壁房做什麼？我在半無意識中，喊了一聲「喂」。對方也回了一聲「喂」。K還醒著。我隔著紙門問，還不睡？對方簡單回答，要去睡了。我又問，你在做什麼？這次K沒回答。過了五、六分鐘後，傳來打開壁櫥以及鋪床的聲音。我問他，現在已經幾點了？K答說一點二十分。不久聽到吹熄油燈的聲音，整個屋子在黑暗中，寂靜無聲。

不過我的眼睛在黑暗中卻愈來愈清明。我又半無意識地對K喊了一聲「喂」。K也像上次一樣答了一聲「喂」。我終於說出，如果方便的話，想跟他詳細談談早上告訴我的事。我當然不想隔著紙門交談，但我認為K應該會當場給我一個答覆。但是這次K不像剛才我叫他兩次那般率直地回答，而是愛理不理地低聲回答一聲「這樣啊」。這又讓我感到有些吃驚。

39

K那種含糊其辭的答話，縱使到了隔天，縱使到了第三天，依然表現在他的態度上。他絕不露出自己主動要去觸及那個問題的神情，其實也沒有那樣的機會。我很清楚除非太太和小姐一起出門不在家，我們兩人才能夠靜下心慢慢談那件事。雖然很清楚是那樣，卻感到非常焦慮。其結果竟然演變成等待對方開口，不過我暗中也做好心理準備，只要一逮到機會就下定決心開口說清楚。

同時我也默默觀察家裡的情形，看起來太太的態度和小姐的舉止言行，與往常無異。K告白前後，她們的舉動並沒有差別，表示他只對我一個人告白而已，還沒向最關鍵的本人，還有身為監護人的太太傳達他的心意。如此一想，我稍微放心些。因此，我認為與其勉強製造機會來談那件事，不如抓住好時機再提出來比較好，所以決定暫時放下按兵不動。

這樣聽起來好似很簡單，但是我的心緒起伏有如海水的退潮、漲潮般，高高低低、上上下下。我看到K毫無動靜，就自己加註各式各樣的解釋。觀察太太和小姐的言語動作，我會懷疑這兩人是否如實表現出內心的想法。我也曾思考裝置在人類心中的複雜機器，是否會如時鐘的指針般清楚而不虛偽地指出鐘盤上的數字？簡言之，我把同一件事情從不同角度多方思考後，好不容易才逐漸鎮定下來。說得更複雜艱澀些，所謂「鎮定」這個用語，絕對不是在此之際應該用的，或許也絕不該使用。

不久，開學了。我們若在同一時間上課會一起出門，有時也一起回家。從旁觀者看來，K和我與以前沒兩樣，依然是親密的好朋友，但其實心中各有想法。有一天，我突然在路上追問K，問他上次的告白是否只告訴我一個人？是否也向太太和小姐表達自己的心意了？我認為自己今後採取的態度，務必得由他的答案來決定。他明白告訴我，尚未向其他人表白自己的心事。事情果然如我所推測，我心中暗自高興。我非常清楚K比我還要不講情理，可是也自覺無法跟他的膽量相匹敵，一方面又莫名地相信他。雖然他曾欺騙養父三年的學費，卻無損於我對他的信賴，我甚至因此反而更能相信他。所以縱使我是一個疑心病很重的人，對於他清楚的回答，心中也完全無意否定。

我又問他，會如何處理這段戀情？那只是單純的自白而已？或者想要收到實際的效果？然而，說到那裡他什麼都沒回答，默默地低下頭往前走。我拜託他，不要對我隱瞞任何事，把自己心中所想通通告訴我。他斷然告訴我，沒有必要對我隱瞞任何事。但是我想知道的事，他卻一句也不回答我。我無法在大街上執拗地對他追問到底，只好就此打住。

40

有一天，我進入久違的圖書館。坐在大書桌的一角享受著窗外灑落的陽光，反覆翻閱新到的外國雜誌。因為指導教授要我在下週上課前查詢自己專攻學科的相關資料，由於一直找不到必要的資料，所以我一再地借換雜誌。最後終於找出自己所需要的論文，於是專心研讀起來。突然從大書桌的對面輕輕傳來呼叫我的聲音，我抬頭一看，K就站在那裡。K順著桌面彎著上半身，把臉湊過來。眾所周知在圖書館不能大聲講話以免干擾別人，K的舉動是任誰都會做的普通事，而那時，我卻有一種奇怪的感覺。

K低聲問我，在讀書嗎？我回答，在查一點資料。雖然那樣，K仍不把臉移開。他以同樣低聲問我，能不能一起去散步？我答說，再等一下。他說他要等我，然後馬上坐在我前方的空位上。這下我無法專心，忽然不想讀雜誌了。我總覺得K好像心懷叵測，要來跟我談判。我不得不闔上正在讀的雜誌，打算站起來。K沉著地問我，已經讀完了嗎？我回答無所謂，並把書拿去還，和K一起步出圖書館。

由於兩人也沒有特定去處，就從龍岡町走到池邊，然後進入上野公園。那時他突然開始提起那件事。綜合前後的情況來看，K好像為此事特地找我出來散步。不過，他的態度絲毫還沒有往實際方向發展。他只是漠然問我，有什麼想法？所謂有什麼想法，就是問我是以怎樣的眼光看著陷入愛情深淵的他。一言以蔽之，他在尋求我對現在的他的批判，由此可以確認他和平日確實不一樣。雖然我一再重複，他天生就不是一個忌憚他人想法的人，只要是他所深信的事，就有膽量也有勇氣一個人不斷向前邁進。養父家的事件已經讓我對他的脾性留下深刻印象，所以他一有變化，我能很清楚地感受到也是必然的結果。

當我問他，為什麼在此之際需要我的評判？他以和平時不一樣的悄然語氣說，因為自己是一個脆弱的人，所以感到非常羞恥。然後又說，他很困惑，連自己都不了解自己，除了找我公平的評判外別無他法。我緊跟著問清楚所謂困惑的意思。他跟我說明，自己不知該進或退，因而感到很困惑。我進一步追問，如果要退出的話，辦得到嗎？問到這裡，他突然語塞，只說很痛苦。實際上，他痛苦的表情清楚可見。假如對象不是小姐，我知道自己一定會把最好的答案給他，如同將甘霖灑在他乾渴的臉上。我相信自己是天生具有同情心的人，然而，那時的我並不是。

41

我就好像在和其他流派比武般，我注意著K。以我的眼、我的心、我的身體及和我有關的一切密切注意著K，連五分釐的縫隙都不漏失。無辜的K沒有絲毫的警戒心，與其說是漏洞百出，不如說是門戶洞開。我就像從他手中拿到他所保管的要塞圖，而且就在他眼前展開慢慢觀看。

發現K徬徨於理想和現實之間的我，只著眼於他不堪一擊的弱點。於是我立刻趁虛而入，在他面前擺出嚴肅的態度。這當然是一種策略，自己卻也相應著開始緊張，沒有多餘時間去反省自己有多麼滑稽和可恥。首先，我大放厥詞地說：「不提升精神層次的人就是愚蠢。」這是我們兩人到房州旅行之際，K對我所說的話。我以他所慣用的語調把這句話丟還給他，然而這絕不是復仇。我坦白告訴你，這是一件比復仇更具殘酷意味的事，我用這一句話擋住迫在K眼前的戀情。

K出生於真宗寺，不過從中學時代開始，他就傾向背離生父家所標榜的宗旨。我不太清楚教義上的區別，知道自己沒資格談論這種事，我只就男女關係這一點如此認定。K從以前就很喜歡講「精進」這個用詞。我將這句用語，解釋為含有禁欲的意思。後來，實際一問才知道，那有著比禁欲更嚴肅的含意，我感到非常驚訝。為求道不惜犧牲一切就是他的第一條信念，禁欲當然不在話下，縱使是不帶情欲的戀愛也被認為會妨礙求道。當K獨立生活時，我就經常聽他講自己的主張。那時候我開始暗戀小姐，無論如何勢必會反駁他的說法。我一反對，他就會露出同情我的神情。不過他顯露出來的輕蔑遠比同情還更多。

因為兩人共同擁有這樣的過去，所謂「不提升精神層次的人就是愚蠢」這句話，對K而言肯定是一記重擊。不過如前面所說，我並無意以這一句話來抹殺他所累積的過去，反而希望他能夠像以前一樣繼續累積下去。我不在乎他能否得道修成正果或是升天。我只害怕K突然轉換生活方向，與我的利害起衝突。簡單說，我的話單純只是利己心的表現而已。

我反覆說了兩次「不提升精神層次的人就是愚蠢」。然後，凝目注視那句話對K到底有多大的影響。

「真是愚蠢，」不久K就如此回答。

「我真是一個愚蠢的人。」

K突然停下腳步，動也不動地站在原地，低頭盯著地面看。我忍不住大吃一驚，因為剎那間我感覺K好像從小偷變成強盜。我也注意到他說話的聲音是如此欲振乏力，我很想窺探他的眼神，但他始終沒看我，慢慢往前走去。

42

我和K並肩走著，並暗中等待他接下來要說的話，或許說我埋伏著更貼切。當時的我甚至覺得即使偷襲K也無所謂。不過我還是一個受過教育也有良心的人，假如當時有人在一旁提醒我「你這樣做很卑鄙！」也許我在瞬間就恢復良知良能。若K是這個提醒我的人，我恐怕會在他的眼前羞愧臉紅。然而K太老實、太單純，也太善良，他並沒有責備我。鬼迷心竅的我不知該向他表達敬意，反而趁機追擊，利用他的那些優點來打擊他。

一會兒，K叫我的名字並看著我。我自然停下腳步，K也停下來。此時，我總算能夠從正面看到K的眼睛。K長得比我高大，我得抬起頭才能看到他的臉。我的態度就像一隻狼在對待無辜的小羊。

「不要再談那些事了。」他說道。他的眼神和聲音顯得非常悲痛，我有點答不出話。「拜託不要再說了。」他改為懇求的語氣。那時，我給了他一個殘酷的回答，就好像狼抓到空隙，立刻咬住小羊的咽喉。

「什麼叫拜託不要再說了？這可不是我先提起的，難道不是從你自己口中說出來的嗎？你若不想說就不要說，如果只是嘴巴說不要再說，心裡根本沒有不要再說的覺悟，說什麼也沒用。你到底打算如何看待你平日的主張？」

當我說這些話時，感覺高大的他在我面前逐漸萎縮、變小。他是一個相當倔強的人，另一方面卻比別人更加忠厚，對於自己的矛盾被如此嚴厲地非難，絕不會無動於衷。我看到他的反應總算感到放心，沒想到他突然冒出一句：「應該覺悟嗎？」我都還不及回答，他又加了一句：「覺悟沒有——世界上並沒有不能覺悟的事。」他的語氣像是自言自語，又像是說夢話。

兩人談話到此結束，就直往小石川的住處走回去。雖然那一天沒有風比較暖和，怎麼說都還是冬天，公園內挺冷清。特別是回首望見經風霜吹打、鮮綠盡失的茶褐色杉木的樹梢，高聳孤立於薄暮色的天空中，彷彿有一股寒氣從背脊襲過來。我們快步走過夕暮中的本鄉台，爬上山丘，再往小石川的山谷走。那時候，我總算才感覺到外套裡面的體溫。

因為急速快步走的關係，一路上我們幾乎都沒說話。回到家坐在餐桌上，太太問我們為何這麼晚回來？我回答，K邀我去上野。太太露出驚訝的表情說，天氣這麼冷還去？小姐也問，去上野做什麼呢？我回答，沒什麼事，只是去散步。原本就不愛說話的K，比平常更沉默寡言。無論太太怎麼搭訕，小姐怎麼說笑，他都不太搭腔。我還沒起身，他就已經胡亂扒幾口飯回到自己的房間。

43

當時，還沒有所謂「覺醒」、「新生活」之類的用語。K之所以沒毅然拋棄過去的自己，全心走出一個新的方向，並非他欠缺現代人的思考，而是因為他有無法拋棄的珍貴過去。甚至可以說他是為了過去才活到現在。縱使K無法一直線朝愛的目標猛進，絕不能證明他對自己的所愛不夠積極。無論熾熱的感情如何燃燒，他也不會莽撞行事。只要沒有那種衝動到不顧前後的機會，K無論如何就只能暫時佇足在原地，回顧自己的過去，依照過去經驗所指示的道路，繼續走下去。此外，他具有現代人所沒有的倔強和耐力，我從這兩點頗能看透他的心意。

從上野回來那一晚，對我來說是心情比較平靜的夜晚。K回房後我也緊隨其後到他的房間，坐在他的書桌旁，故意和他不著邊際地閒聊，他露出困擾的神情。我的眼神多少閃耀著勝利的光芒，我的聲音確實充滿洋洋得意的嘹亮。我和K用同一個火爐烘一下手，就回自己房間。我任何事都不及K，只有在那時我感覺自己對他毫不畏懼。

不久，我就安穩地進入夢鄉。睡夢中聽到有人呼喚我的名字而驚醒，睜開眼睛一看，隔間的紙門被拉開有二尺寬空隙，K的黑影就站在那裡。他的房內還像傍晚時亮著燈光，我還無法適應周遭環境突然改變，一時說不出話來，只是呆呆地凝視那光景。

那時K問我，睡著了嗎？K向來都很晚睡。我對著K的人影反問，有什麼事嗎？K回答我，沒什麼事，只是要去上廁所，順便問一下你是睡著還是醒著而已。由於K背對著燈光，我完全看不到他的臉和神情。但是他的聲音似乎比平常更沉穩。

一會兒，K就把紙門拉上。我的房內立刻又歸於黑暗，我再度閉上眼睛，為了進入比那黑暗更安靜的夢中。之後，我什麼都不知道。隔天早上，我想起昨夜的事，總覺不可思議，心想難道一切都是夢？早餐時，我問K此事。K說他確實曾拉開紙門，呼喊我的名字。我問他有什麼事，他卻沒清楚的回答。正當兩人的話有些搭不上，他反而問我最近睡得好嗎？這讓我感覺怪怪的。

那一天剛好同時有課，兩人一起離開家門。我從早晨就掛念著昨晚的事，路上我又追問K。但是K沒有給我任何令人滿意的答覆。我為了確認又問他，關於那件事是不是還有話跟我說？K加強語氣地否認說，不是。聽起來好像在提醒我，昨天在上野不是說過「不要再談那些事了？」K是一個自尊心強烈的人。我猛然發現這一點，突然聯想到他所謂的「覺悟」一詞，原本我毫不在意的二字，開始以一種奇妙的力量控制我的思緒。

44

我非常清楚K富有果斷力的個性，我也知道他對這件事優柔寡斷的理由。我除了明瞭一般的狀況外，也領會到例外的情形，因而感到得意。然而當我在腦海裡咀嚼好幾次他所謂的「覺悟」後，我的得意逐漸退色，最後開始動搖。我認為這種情形對他也許不是例外，我懷疑他的心中是否已經有一個將所有疑惑、煩悶、懊惱一次解決的最後手段。當一道新的光芒讓我回頭凝視「覺悟」這兩個字時，我感到非常驚嚇。假如那時的我能夠從驚嚇中，以公平的眼光去環視他口中的覺悟也許還好。可悲的是我矇蔽了雙眼，我只把這個字眼解釋為K將對小姐有所行動。我一味認定他是要把果斷的個性發揮在戀愛方面，以為這就是他所說的覺悟。

因此，我的內心也響起必要做最後決斷的聲音。我立刻鼓起勇氣來回應那個聲音。我決心要比K早一步，甚至要在K不知不覺中進行那件事。我默默等待機會，但是兩天、三天過去，我還是逮不到機會。我打算等K和小姐不在家時，和太太展開談判。不過，總是一個不在家，另一個卻在家，怎麼樣也找不到一個恰當的時機。我真是焦慮不堪。

一週後，我終於按捺不住，假託身體不舒服。太太、小姐和K都來催我起床，我只是敷衍兩句，到十點左右還躺在被窩裡睡覺。我估計K和小姐都出門，家裡非常安靜時才起床。太太一看到我立刻就問，到底哪裡不舒服呢？她勸我回房躺著，等一下會把餐飲送到房內。我的身體根本沒有任何異狀，實在躺不住。洗好臉後，像平常一樣在茶間用餐。太太從長形火爐的那一側幫我盛飯，我手上端著那碗既非早餐也不是午餐的飯，心中發愁著該如何開口。所以從外表看起來，我也許真的很像不舒服的病人。

飯後，我坐著抽菸。因為我沒起身離開，所以太太也不好離開火爐，她叫女傭來把餐桌收拾乾淨，把水注入茶壺，將火爐邊緣擦拭一下，陪我坐在那裡。我問太太，有沒有什麼特別的事？太太答說沒有，然後反問我為何這樣問。我說其實有事想向太太說，太太看著我問是什麼事。由於太太的語氣隨便，完全無法進入我的情緒，使得我接下來該講的話有些遲滯。

無可奈何之下，我只好在言語上稍微拐彎抹角，然後問太太最近K有沒有跟她說些什麼？太太感到很意外地反問：「什麼事？」我還來不及回答前，她反而問我：「他對你說了什麼嗎？」

45

我不願意把K告訴我的事講給太太聽，所以我回答「沒有」後，立刻對自己的謊言感到不愉快。我沒辦法，只好改口說，不是要談K的事情。太太說了一句「原來如此」。就等我繼續說下去。此時，我已經是箭在弦上不得不發了。我突然說出：「太太！請把小姐嫁給我。」雖然太太不如預期中露出驚訝的樣子，一時之間也答不出話來，只是默默盯著我看。一旦話說出去了，無論她怎麼盯著我看，我也不放在心上。我又說：「請把小姐嫁給我，請務必把小姐嫁給我。」然後又說：「請讓小姐做我的妻子。」太太可能是見多識廣，遠比我沉穩。她問我：「嫁給你當然可以，但是未免也太突然了？」我立刻回答：「我急著想娶她當妻子。」我話一說完，她就笑了出來，然後追問道：「仔細思考過了嗎？」我以嚴肅態度向她說明：「雖然提出這件事很突然，但是在思考這件事的過程並不突然。」

接下來她又問了兩、三個問題，不過我已經忘記了。太太和一般女人不相同，某些時候就像男人般乾脆俐落，是一個可以融洽商量事情的人。她說「好！嫁給你」後，反而回頭拜託我說：「現在我們的環境也不是可以擺架子說什麼嫁給你之類的大話，我應該說拜託請你娶我的女兒。你也知道她是一個沒有父親的可憐孩子。」

這件事就這般簡單明瞭地解決了，從開始到結束恐怕不到十五分鐘。太太並未提出任何條件，她說沒必要和親戚商量，事後再告訴他們就行了。她也明白表示連當事人的意願都不必確認。關於那一點，我這個讀書人反而更拘泥於形式。我提醒太太，親戚也就算了，還是跟當事人確認後得到她的首肯才好。太太卻說：「放心。我不會做出女兒不願意的決定。」

我回到自己的房間，想到事情竟然進行得這般順利，反而有一種奇怪的感覺。果真沒問題嗎？那種疑惑不知從哪裡鑽進我的腦海中。然而，將來的命運大體上就此決定的徹悟，讓我整個人有種煥然一新的感覺。

下午，我又到茶間，問太太打算什麼時候告訴小姐這件事。太太說，只要她自己同意，什麼時候告訴小姐都可以。如此一來，我總覺得太太比我還像一個男人。我不好再說什麼，正打算回房間時，太太留住我說，如果希望早點告訴她的話，今天也可以，等一下練琴回來，立刻告訴她。我回答說這樣做比較妥當後，又回到自己的房間。但是我想像自己坐在書桌前，從遠處傳來她們母女竊竊私語，總覺得自己定不下心來。於是我戴上帽子，走出大門，沒想到在斜坡遇見小姐。什麼都不知道的小姐看到我好像很驚訝，我脫下帽子跟她打招呼：「妳回來了。」她卻好似覺得不可思議地問我：「病已經好了嗎？」我回答：「是啊！都已經好了，已經好了。」然後快步往水道橋方向走去。

46

我從猿樂町走到神保町大街，然後再轉往小川町方。我每次走到這一帶都是為了去舊書店閒逛，然而那一天根本沒有翻閱書冊的興致。我邊走邊想著家裡的情形，太太剛才所講的話仍然記憶猶新，我開始想像小姐回家後的情景。總之，也可以說我是為了這兩件事才在街上遊蕩。而且我不時就突然忘我地佇立在街道正中央，想像這時候太太正在跟小姐提起那件事，或者這時候她們已經談妥那件事了。

我走過萬世橋，爬上明神坡，走到本鄉台，然後走下菊坂，最後走下小石川山谷。我步行的距離大約跨過這三區，有如描繪出一個橢圓形，我在這麼長距離的閒逛中，幾乎不曾想到K。如今回想起來，縱使自問為什麼會這樣？我也不明白，只是覺得不可思議而已。假如我是因為緊張而忘記K也就算了，不過我的良心應該無法原諒自己的遺忘。

我對K的良心發現，是在我拉開家裡的格子門從玄關穿過房間，也就是照例穿過他的房間那一瞬間。他像往常坐在書桌前看書，一如往常把眼睛移開書本看著我，但是他不像平常招呼我：「你回來啦。」而是問我：「病好了嗎？有去看醫生嗎？」我在這剎那間，恨不得立刻跪在他面前向他道歉。而且當時那種衝動非常強烈，假如那時只有K和我兩人佇立在曠野中，我一定會順從我的良心，當場向他請罪。然而家裡還有其他人，我自然而然裹足不前。於是，悲劇永遠無法挽救了。

晚餐時，K和我又相對而坐。毫不知情的K，看起來只是悶悶不樂，對我絲毫沒有任何懷疑。而蒙在鼓裡的太太，看起來比平常更開心。只有我知道所有的一切，我吞嚥著有如鉛塊般沉重的飯。那一晚，小姐不像平常和大家同桌共餐。太太催她快來吃飯，她只在隔壁房回答說等一下。因此K似乎覺得有點奇怪，後來問太太到底怎麼了？太太答說可能不好意思吧！同時看我一眼。K更覺得奇怪，又追問為什麼會不好意思。太太只是露出微笑，然後又看我一眼。

坐在餐桌觀察太太的神情，我約莫就推測出事情進展的狀況。不過，假如把所有事情當著我的面告訴K的話，我認為自己會很難堪。因為太太是一個有可能這樣做的人，以致我有些提心吊膽。還好K又恢復原本的沉默，心情比平常好的太太終究沒有繼續往我所擔心的話題進展下去。我鬆了一口氣，回到自己房間不得不去思考，今後我應該對K採取何種態度。我在心中試著設想各種說法來為自己所做的一切辯護，但是任何的辯護都不足以拿來面對K，卑怯的我最後放棄親自向K說明事情的原委。

47

如此過了兩、三天。不用說，在那幾天裡，我對K的歉疚感不曾停止過，一直沉重地壓在我的心頭上。我認為自己應該告訴他這件事，否則實在太對不起他。而且我一直被太太的心情和小姐的態度所糾纏和刺激，因此感到非常痛苦。頗具男子氣的太太，說不定哪一天會在K的面前大剌剌講出來。自從提親以來，小姐對我的言行舉止很明顯不一樣，我也不敢斷言，這不會在K的心中投下可疑的陰影。因此我無論如何應該讓K知道，自己和這個家庭有了新的關係。然而因為道德上的弱點，這對我來說是至難之事。

我實在無計可施，也曾想拜託太太告訴K，當然是趁我不在家的時候告訴他。不過，如此據實以告，就只是間接和直接的差別而已，同樣沒面子。再說拜託太太去講的話，她一定會追根究柢問我原因。假如為拜託她而要把一切事情講出來的話，我就得把自己的弱點暴露在愛人及其母親面前。死心眼的我認為那關係到我將來的信用，要我在結婚前就失去戀人對我的信賴，縱使只是一絲絲而已，也會讓我覺得是難以忍受的不幸。

總之，我是一個打算走正直道路卻滑了一跤的傻瓜，而且還是個狡猾的男人。但是能夠注意到這些的人，如今只有上天和我。然而重新站起來，想再往前踏出一步時，我卻陷入不得不讓周圍的人知道事情真相的困境中。我極力想隱瞞到底，同時，我又不得不往前走。最後，我只有夾在兩難之間動彈不得。

過了五、六天後，太太突然問我是否告訴K那件事？我回答還沒有。太太立刻質問我，為什麼不講呢？我僵在那裡，回答不出來。那時太太說出讓我震驚不已的話，我至今都忘不了。「無怪乎我提起那件事時，他露出奇怪的表情啊！你實在太不應該了，那麼親密的好朋友，竟然也不告訴他。」

我問太太，那K有沒有說什麼？太太答說沒有特別說什麼。我不得不進一步詢問更細節的事。太太原本就不是一個會隱瞞事情的人。雖然她說K沒講什麼重要的事，但她還是把K所說的話一一講給我聽。

綜合太太的話來看，K似乎以極為平靜的心情來迎接這最後的打擊。K對於小姐和我之間的新關係，最初好像只說了一句「是那樣啊！」不過，當太太說「你也要替他們高興」時，他才看著太太面露微笑說了一聲「恭喜」，之後就起身離開坐位。當他要拉開茶間的紙門時，又回頭問太太：「什麼時候結婚呢？」然後又說：「我很想送一份賀禮，可惜我沒錢。」坐在太太面前的我，聽到那些話，痛苦得整個心都糾結起來。

48

我計算一下，太太告訴K這事已有兩天了。其間，K對我的態度和以前沒有絲毫不一樣，以致我完全沒察覺。我認為他那種超然的態度，縱使只是外觀，也值得欽佩。我暗中把他和自己相比較，他遠比我高明多了。「縱使我在策略上贏他，人品上卻輸給他」的感覺在我的心中掀起一陣漩渦。我一想到K一定非常看不起我，自己一個人就羞愧得面紅耳赤。事到如今要我在K面前自取侮辱，對於我的自尊心真是莫大的痛苦。

那個星期六的晚上，我一直思索著該如何是好，於是我決定等明天再說。沒想到K就在那一晚自殺了。直至今日我想起那個光景，依然會不寒而慄。原本都把枕頭放東邊的我，只有那一晚也許有什麼因緣，我偶然把枕頭放西邊。夜裡枕頭邊吹來一陣寒風，我猛然驚醒，睜開眼睛一看，隔開K和我房間那一道總是拉上的紙門，竟然像上次那晚一樣開著，只是不像前次看到K的黑影站立在那裡。我好像受到什麼驅使般，手肘頂著床坐起來，往K的房間看過去。房內燈火微暗，床也鋪好著，只是那條棉被卻好像被踢開似的疊在下端，K就俯趴在上方。

我喊了聲「喂」。K沒有任何回應。我又對K喊了一聲「喂！怎麼了？」K還是沒有任何動靜。我立刻起身，站在門檻借著微暗的燈光環視一下他房內的樣子。

當時我第一個感覺，和我突然聽到K對我表明他的戀情時差不多。當我第一眼往他的房內看時，我的眼球宛如是玻璃假眼般失去轉動的能力。我呆若木雞地站在原地。眼前的景象如一陣疾風掃過，我才驚覺到一切都來不及了。一道無法挽回的黑光，貫穿我的未來，一瞬間可怕地籠罩住我前方的一生。而我只是開始不斷地發抖。

儘管如此，我還是沒有忘記擔心自己，我立刻看見書桌上放著一封信。不出所料，信封上寫著我的名字。我趕緊打開信看，不過信中所寫並非我所預料的事。原本我以為K會寫些讓我難堪的字句，而且我非常害怕，萬一太太和小姐看到那些難堪的字句，不知會多麼鄙視我。我很快瀏覽一遍，馬上放下心中那一塊大石頭。（雖然只是面子上過得去而已，但是這種情形下，面子問題對我卻是非常重大的事情。）

信的內容很簡單，也很抽象。信中說他自己意志力薄弱、前途無望，所以自殺。然後以非常簡潔的文句感謝我一直以來對他的照顧，並拜託我幫他處理後事。還有給太太添麻煩，要我代為致歉，也拜託我通知他在故鄉的親人。信中把必要辦理的事一項一項交代得清清楚楚，整封信從頭到尾就是看不到小姐的名字。我讀完信，馬上就知道K有意要避免提及小姐。最讓我感到痛心的是最後那句看似以剩下墨水寫出來的：「應該早點死，為什麼苟活到現在？」

我以顫抖的手把信折好，放進信封內，我故意重新放回原來的桌上要讓大家看見。一回頭，才發現紙門上濺滿鮮血。

49

我突然抱住K的頭，雙手輕輕抬起他的臉，因為我想看一眼K死去的神情。他的臉俯趴著，我從下方往上看時，立刻放手，不僅是因為害怕，也因為他的頭實在很重。我從上方撫摸如今已冰冷的耳朵，凝視一下和生前都沒變的濃密五分頭。我沒有一點點想哭的情緒，只是覺得可怕。那種可怕，不只是眼前的情景刺激器官機能所引起的單純可怕。我深切感受到這個身體忽然變成冰冷的朋友，正在暗示我命運的可怕。

我六神無主地返回自己的房間，開始在八疊榻榻米大的房間內走來走去。我命令自己，縱使毫無意義也要有所行動。無論如何我得想出辦法來處理這件事，所以不得不在房內走來走去，像關在籠子裡的熊一樣。

我不時想去把太太叫醒，但是讓女人看到這種可怕情景是非常不好的想法，我立刻打消了念頭。太太暫且不說，絕不能讓小姐驚嚇的強烈意念抑制我去叫醒太太。我又開始在房間內來回踱步。

其間，我在自己的房內也點起燈，頻頻看著時鐘。我感覺不曾看過走得比那時還慢的時鐘。我不知道自己醒來的正確時間，很清楚是快天亮的時候。我來回踱步並焦慮地等待黎明的到來，不禁懊惱著黑夜的無盡漫長。

我們習慣在七點起床。因為學校的課大多從八點開始，七點不起床就會來不及。女傭都是在六點起床。那一天，六點不到我就去叫醒女傭。太太聽到我的腳步聲被吵醒，提醒我今天是週日。我看太太既然已經醒來，就請她到我房間一下。太太在睡衣外面罩上一件短外套，跟在我後頭走過來。當我一走進房間，立刻把原本拉開的隔間紙門關上。然後低聲跟太太說有意外發生了，太太問我是什麼事。我以下巴示意是隔壁房的事，並且說：「您別驚慌。」太太頓時露出蒼白的臉色。我又說了一句：「太太，K自殺了。」太太一聽呆立在那裡，一言不發地看著我。那時候，我突然伏地跪在太太面前道歉說：「對不起。都是我不好，實在對不起您和小姐。」其實，在我面對太太前，我完全無意說出那些話，沒想到一看到太太的表情，不知怎麼就冷不防說出來了。你就把這想成因為我無法向K道歉，所以不得不向太太和小姐道歉吧！總之，我掙脫平日的我，開口說出懺悔的話。太太並沒有以這般深沉的含意來解釋我的話，對我而言也是一種大幸。雖然她面露蒼白神情，還安慰我：「這種意想不到的事，誰都沒辦法啊。」然而她臉上的肌肉宛如刻上驚慌和恐怖般僵硬。

50

雖然對太太很過意不去，我還是拉開剛剛才關上的紙門。那時候，K的油燈已燃盡，房間內幾乎是漆黑一片。我回去拿自己的油燈，站在門前，轉頭看著太太。太太好像躲在我後面般，窺探著那四疊榻榻米大的小房間。她並不想踏進去房內，站在原地叫我把防雨門板打開。

太太不愧是軍人的遺孀，之後的處理方式很高明。我去找醫師後，又去找警察。那些事都是太太吩咐我去做，她還說那些手續尚未完備前，誰都不可以踏進K的房間。

K是以小刀割斷頸動脈立即致死，沒有其他任何傷痕。那時我才知道我在如夢境般的昏暗燈光下看到的紙門上血跡，竟然是從他的頸動脈一下子噴出來的鮮血。我再次在陽光下清楚凝望那血跡，才驚覺人類血液衝勢之激烈。

太太和我盡可能仔細地把K的房間清理乾淨，幸好他的血都被棉被吸進去，榻榻米並沒有被沾汙，處理起來不算費事。兩人將他的屍體移到我的房間，讓他的身體像平日睡覺般擺放好。之後我才出去打電報給他故鄉的家人。

當我返回時，K的枕邊已經點上數根香。我一進房間，一股好似佛寺的煙味撲鼻而來，看到兩個女人坐在煙氣繚繞中。這是我從昨晚以來，第一次看到小姐。小姐哭泣著，太太也哭紅眼睛。事發之後不曾流淚的我，此時不禁悲從中來。沒人知道我的情緒因哭泣而獲得多大的解脫，我的心被痛苦和驚恐緊緊糾結，能夠給予滋潤的正是那悲傷的眼淚。

我默默地坐在兩人身旁。太太叫我也上個香。上完香，我又默默坐下。小姐和我什麼話都沒說，偶而和太太交談一、兩句話，都是當下得去處理的一些事。我沒心情跟小姐講述K生前的事，心中暗暗認為幸虧沒讓她看到昨夜那可怕的情景。我害怕讓年輕美麗的小姐看到恐怖的事情，會破壞那珍貴的美感。這種害怕的情緒甚至傳到我的髮梢，以致我無法將那種想法置之度外。因為當時我認為那種行為，就好像隨意鞭打無罪的美麗花朵般，令人不愉快。

當K的父親和兄長從故鄉趕來時，我對K的埋骨處表達出個人的意見。他生前常和我一起到雜司谷附近一帶散步，K非常喜歡那一帶的景色，我記得曾跟他半開玩笑地約定，既然那麼喜歡的話，如果死了就把他埋在這裡吧！我想，能夠依照約定把K埋在雜司谷，到底是多大的功德？事實上，我想在有生之年，每個月都跪在

K的墓前懺悔。也許是因為看在我一直照料沒人關心的K的情分上，K的父親和兄長決定聽從我的意見。

51

K葬禮結束後的歸途中，他的朋友問我K為什麼要自殺？自從這件事發生以來，我不知被問過多少次同樣問題而感到痛苦。無論太太或小姐，還是從故鄉趕來的K的父兄、接到訃聞的朋友，甚至連和他毫無關係的新聞記者，必定都會問我同樣的問題。每次被問起，我的良心就像不斷被針刺般疼痛。而且我彷彿聽到從這個問題的背後，傳來「趕快承認人是你殺的吧」的聲音。

我對任何人的回答都一樣。我只是重複一遍他寫給我的遺書，其他連一句話都不多講。葬禮結束後的歸途中，K的朋友問起同樣的問題，也得到同樣的答案，他聽了便從懷中拿出一張報紙給我看。我邊走邊看那個朋友所指的地方，報上刊載K是因為被父兄斷絕關係因而厭世才會自殺。我什麼都沒說，只把那張報紙折好歸還給那朋友。那朋友告訴我，還有報紙報導K是因為發瘋才自殺。我因為太忙，幾乎無暇看報紙，完全不清楚那些報導內容，不過暗中始終很在意某件事。我最害怕的事情，莫過於刊出給太太和小姐帶來麻煩的報導。即使只是把小姐的名字扯進來，我想我都無法忍受。我問那朋友其他還寫了些什麼？他回答就他所看到的只有那兩種說法而已。

不久，我們搬離原本居住的屋子。因為太太和小姐都不願意繼續住下去，我每天晚上都會想起那一夜所發生的事情，也感到很痛苦，大家商量後決定搬家。

搬家約二個月後，我順利從大學畢業。畢業不到半年，我終於和小姐結婚了。從外表看來，諸事順遂，不能不說是可喜可賀。太太和小姐看起來非常幸福，我也很幸福。然而，我的幸福始終跟隨著一個黑影。我懷疑這個幸福最終會成為我走上悲慘命運的導火線。

結婚後，小姐——已經不是小姐，應該稱為妻子——妻子不知何故提議兩人一起去K的墓前祭拜，我不期然暗自心驚。問她為什麼突然想起那種事？妻子說兩人一起去祭拜，K必會很高興。我多次盯著完全不知情的妻子看，妻子問我為什麼露出那種表情，我才驚覺過來。

我順著妻子的意思，兩人一起前往雜司谷。我在K的新墳上澆水，妻子在墓前點香並插上花。兩人低頭合掌。妻子一定是想報告和我結婚的事，讓K高興。我卻只是在內心反覆懺悔自己的罪惡。

當時妻子撫摸著K的墓碑說，真是美觀。其實，那墓碑不算什麼上等品，可能因為是我特地到石材行挑選的緣故，妻子才特意這樣說。我想著新墓碑、新婚妻子，還有埋在地底下的K的新骨骸，不能不感受到命運的諷刺。從此以後，我絕不再和妻子一起去K的墓前祭拜。

52

對亡友的這種感情，我想永遠持續下去。其實一開始我感到害怕，就連期待多年的婚禮，也是在不安中舉行。然而，我畢竟是無法看見自己未來的平凡人，或許可以說，我希望藉結婚改變自己的心境，邁入一個新生活的開端。但是身為人夫，朝夕和妻子面對面，我那虛幻的希望脆弱地在嚴厲的現實中破滅。每當我和妻子面對面時，突然就會感受到K的威脅。總之，這就好像妻子站在中間，K和我無論到哪裡都是緊緊結合而無法分離。我對妻子沒有任何不滿，唯有這一點使我對她漸漸疏遠。她也立刻感受到我的疏遠，雖然感受到卻不知道理由。我經常被妻子質問，為什麼這樣？有什麼不滿的事嗎？若是能夠一笑置之還算好，有時候妻子的脾氣也很大，最後不得不聽她發出諸如「你一定是討厭我吧！」、「你肯定有很多事瞞著我」之類的抱怨。我為此感到相當痛苦。

我好幾次都想乾脆地把所有的事向妻子全盤托出。但是一到緊要關頭，冷不防就有一種非出於自己的力量壓抑住我。你很了解我的個性，想必沒有多做解釋的必要，不該說的事還是要說，所以就說出來給你聽。那時候的我完全無意在妻子面前掩飾自我。假如我抱著面對亡友同樣誠實的心，在妻子面前表達我的懺悔，妻子肯定會流下喜悅的眼淚，也會原諒我的罪過。我之所以不這麼做，並非有利害上的算計。我只是不忍心讓妻子的記憶烙上汙點，所以才不願意坦白告訴她。你可以解釋為在一片純白當中，毫不留情地灑下一滴墨水，對我而言是莫大的痛苦。

一年過去，我還是無法忘記K。我經常覺得良心不安，為消除這種不安，我盡量沉溺於書籍中。我以猛烈的氣勢開始讀書，等待有一天把那結果公諸於世。但是勉強設定目標、勉強等待有一天達成目標，這一切都是自欺欺人。無論如何我已經無法安心埋首於書堆。於是，我雙臂交握於胸冷眼凝視世間。

妻子認為我是因為生活不虞匱乏，才會心生懈怠。妻子娘家的財產足夠母女兩人坐吃度日，加上我不必工作也無妨的情況，無怪乎她會這樣想。而我也帶有幾分驕縱的氣息，但是我不想有所作為的主因根本不在此。雖然當時叔叔欺騙我，確實令我深切感受到世人不足信賴，但也因為體認到世人的壞，才覺得自己仍是一個正直的人。無論世間如何汙濁，自己總還是一個清高的人——我一直抱著那樣的信念。然而那樣的信念因為K而完全破滅，當我意識到自己和叔叔屬於同一種人時，我突然變得晃晃蕩蕩站不起來。我厭惡世人，同時也厭惡自己，以致不想有任何作為。

53

我無法將自己活埋在書堆中，曾有一段時期就將自己的靈魂浸泡在酒中，試圖忘記自我。我不能說是一個喜歡喝酒的人。但是愈喝酒量愈好，我只是盡量藉大量的酒來麻醉自己的心。不久這種淺薄的方法，讓我變得更厭世。我在爛醉當中，猛然察覺到自己的處境，發現自己竟然愚蠢到故意用這種方式來偽裝自己。在身體微微顫抖的同時，我的眼睛和心靈都跟著清醒。有時無論怎麼喝也無法進入這種偽裝狀態，只能一味消沉下去。運用技巧取得快樂後，鬱悶必定會反撲而來。我一直將這些展現在愛妻和她的母親面前，她們就以她們的立場來解釋我的行為。

岳母好像經常對妻子抱怨這些令她不快的事，可是妻子都隱瞞不說。以致岳母若不自己私下責備我，一肚子氣似乎就無法消除。雖說是責備，卻沒有強烈的字眼。我幾乎不曾因為妻子說了什麼而大發脾氣，妻子有時會求我，若對她有什麼不滿一定要告訴她，然後勸我為了自己的健康應該戒酒。有時還會哭著說：「你變得跟以前不一樣了。」假如只是這樣也就罷了，她竟加上一句：「假如K還活著，你就不會變成那樣吧。」我曾回答說也許是吧！因為我回答的意思和妻子所理解的意思完全不一樣，我心中感到很悲哀。雖然那樣，我也不想跟妻子做任何說明。

我經常向妻子道歉，多半是在酒醉遲歸的隔天早上。有時妻子會笑一笑或沉默不語，偶而也會撲簌落淚。無論哪種情形都讓我痛苦萬分，因為我向妻子道歉，等同在向自己道歉。後來我戒酒了，與其說是聽妻子勸告，不如說我自己厭倦喝酒比較適當。

雖然戒酒了，卻是什麼事都不想做。沒事做只好讀書，不過都只是讀一下，就把書擱置一旁。妻子不時會問我為什麼要讀書？我只是苦笑。但是內心深處一想到連世上自己最愛的人都不了解自己，不禁感到悲傷。雖然有讓她了解的方法，卻提不起讓她了解的勇氣，於是更感到悲傷。我很寂寞，感覺自己好像一個與世隔絕、孤獨過日的人。

同時，我一再思索K的死因。事情發生的當下，因為整個腦海中都被「戀情」這字眼所占據，另外我的判斷也過於簡單且狹隘，立即就認定K是因為失戀而身亡。然而心情逐漸穩定之後，再去面對同樣情景時，就發現事情沒那麼簡單。也許是現實和理想的衝突所致——然而即使是這樣的理由也還不夠充分。最後，我懷疑K該不會是和我一樣孤獨寂寞，無可奈何之下突然自我了斷。這種想法又讓我不寒而慄，因為我正步上和K同樣的道路，這種預感不時像風一樣從我心中橫掃而過。

54

不久，岳母生病了。醫師診斷出是罹患了絕症。我盡自己能力細心照料病人。這樣做是為了病人，也是為了愛妻，若以更大的意義來說，是為了世人。我從以前就一直很想做點什麼事，卻無法做任何事，不得已才游手好閒。與世隔絕的我第一次伸出手做事，當時多少有幾分自己在做善事的感覺。也可以說我是受一種贖罪的心情所驅使而去做事。

岳母過世後，只剩下我和妻子兩個人。妻子對我說，如今在這世上只有一個人可以依靠。我想到連自己都無法依靠自己，不禁含著眼淚看著妻子。心想妻子真是一個不幸的女人，而我竟不知不覺脫口說出「不幸的女人」。妻子問我為什麼？妻子不懂我這句話的意思，我也不能為她說明。妻子又哭了。她抱怨我平常都以偏見來看她，才會說出那種話。

岳母過世後，我盡可能溫柔對待妻子。但這並不僅是因為我深愛她的緣故，我的溫柔應該是跳脫個人的好惡，而有一個更寬宏的背景。那和照顧岳母具有相同的意義，我的心境似乎已改變了。妻子看起來似乎很滿足，然而在那滿足當中，還包含因為不了解我所產生的一種隱約的淺薄吧！不過，即使妻子能夠了解我，我也不在乎這種滿足的增加或減少。女人並不排斥來自人道立場的愛情，就算多少不合情理，也會欣然接受那份關懷自己的感情。我認為女人的這種傾向比男人更強烈。

有時候，妻子會問為什麼男人心和女人心無法結合為一？我只是曖昧地回答說，年輕時候就可以。妻子好像逕自回顧自己的過去，輕輕嘆了一口氣。

從那時候起，我的心中經常閃出一個可怕的影子。起初我以為那是偶然從外界襲擊而來的影子，令我感到驚訝又毛骨悚然。不久後，我的心適應了那個可怕的影子。最後我認為那影子並非來自外界，而是我出生時就已經潛伏在我的內心底層。每當我有這種想法時，都不禁懷疑自己的腦袋是否有問題，可是我不想請醫師或任何人來診斷。

我深深感受到世人的罪惡，那種感受讓我每個月都前往K的墓前，那種感受促使我去照料岳母，那種感受命令我要溫柔對待妻子，那種感受甚至讓我曾經希望受到陌生路人的鞭打。在這段時期逐漸過去後，我發現與其受人鞭打，不如自我鞭打。然後我逐漸體認與其自我鞭打，不如自殺更勝於自我鞭打。無可奈何之下，我決定以行屍走肉般的態度活下去。

自從我下定決心以來，直至今日已經過了好幾年。我和妻子一如往常般和睦過日子。我和妻子絕不能說是不幸，我們應該算是幸福。但我所抱持的這一個決心，對我而言並不容易，然而對妻子來說卻是晦暗不明。一想到此，我對妻子感到非常過意不去。

55

決定以行屍走肉般的態度活下去的我，還是經常會受到外界的刺激而躍動。可是無論我打算往哪一方面行動，一股可怕的力量就會從某處冒出，緊緊抓住我的心讓我動彈不得。而且那股力量還會擋住我說：「你是一個沒有資格做任何事的人。」這句話讓我頓時變得非常氣餒。過一陣子，我想重新站起來，然而我又被緊緊抓住。我咬牙切齒地大聲怒斥：「為什麼要阻礙我呢？」那股不可思議的力量發出冷笑說：「你自己很清楚啊！」於是我又萎靡不振。

請你想想看，表面上過著無風無浪單調生活的我，內心卻是經常這般苦戰。在妻子覺得厭煩之前，我自己都不知道比她厭煩多少倍。我在這牢房中動彈不得，怎樣也掙脫不出這牢房時，我感到對我而言最輕鬆、可以遂行之事，除了自殺外沒有其他辦法。也許你會瞠目結舌問為什麼？因為那股不可思議的可怕力量經常緊緊抓住我的心，雖然它從各方面阻擋我的活動，唯有那一條死路為我自由敞開。若是我一直保持不動就無所謂，若是稍微想動的話，其他的路都窒礙難行，我只能踏進那一條死亡之路。

至今我曾經有過兩、三次打算順從命運的引導，前往最輕鬆的方向。然而我一直都掛念著妻子，當然也沒勇氣把妻子一起帶走。我無法向妻子坦白一切，也無法做出剝奪妻子的天壽來為自己命運犧牲的蠻橫作為，這些事我光想都覺得可怕。我有我的宿命，妻子也有妻子的機緣，要把兩人綁在一起放火燒，我認為非但毫無道理也是極為悲慘。

同時，我想像我死後妻子的處境，實在太可憐。岳母過世時，她感傷地說如今在這世上只有我一個人可以依靠，那些話深深烙印在我的記憶當中。因此我總是躊躇不前。看到妻子，有時我也會慶幸還好沒走上絕路。於是，我又站在原處。妻子也經常以一種有所缺憾的眼神凝視著我。

請你記得，我就是這樣在過日子。無論是我在鎌倉初次和你相遇時，還是和你一起去郊外散步時，我的心情都沒有什麼改變。我的背後一直跟隨著一個黑影。我好像是一個為了妻子而苟且偷生、遊走世間的人。當你畢業返回故鄉時，我依舊如故。我和你約定九月相會，並不是在說謊。我是真心要和你相會。秋去冬來，冬天過後，我還想著一定會和你再相見。

未料在盛夏酷暑，明治天皇駕崩。當時我感覺明治精神始於明治天皇，也終於明治天皇。我們那一代受到明治精神影響最大，再苟活下去終究會落於時代之後，這種感覺強烈地打在我心上。我把我的感覺直率地告訴妻子，她笑一笑沒當一回事，後來不知想到什麼，突然開玩笑對我說：「那麼殉死不就好了嗎？」

56

我幾乎忘記殉死這個用語。因為是平常用不到的字眼，沉潛於記憶的底層，看起來就像開始腐爛之物。我聽到妻子開玩笑才想起來，於是就對她答說：「假如殉死的話，我打算為明治精神而殉死。」我的回答當然只是開玩笑而已，不過那時候我竟突然感覺這個古語被賦予新的意義。

一個月後，天皇葬禮的那一晚，我如往常般坐在書齋裡，聽到遠處傳來禮炮的響聲。那聽起來宛如在告知世人，明治將永遠消逝。之後回想起來，那也是在告知世人，乃木將軍永遠消逝了。當我拿到號外報紙時，不禁對妻子說：「殉死、殉死。」

我從報紙上看到乃木將軍死前寫下的遺書，當我讀到報導，說他在西南戰爭被敵軍奪走軍旗時非常自責，不時想以死謝罪，卻一直苟活至今。我不禁屈指算一下，乃木從覺悟自己的死卻又活下來，中間經過多少歲月？從明治十年的西南戰爭，到殉死的明治四十五年，其間有三十五年之久。雖然乃木在這三十五年裡一心想死，可是他好像在等待一個死去的適當時機。我思考著對於這樣的人而言，是苟且偷生的三十五年痛苦，還是刀子插入腹部的一剎那比較痛苦？我想兩者皆苦吧！

二、三日過後，我終於決心要自殺。如同我不明白乃木之死的理由，也許你也無法清楚地了解我要自殺的原因。假如是這樣，那也只能歸咎是時代局勢變遷所產生的人與人之間的差異，這也是無可奈何。或許說是個人天生性格的差異比較正確，我為讓你了解我這個難以理解的人，已盡我所能敘述。

我要留下妻子自己先走。幸好我死後，妻子的衣食住都不成問題。我不願讓妻子看到殘酷的情景，所以打算不讓妻子看到血光四濺的我。我要在妻子不知道時悄悄地從世上消逝。我死後，妻子會認為我是猝死。若她認為我是發瘋而死，我也無憾。

從我決心一死已經過十天了，這大部分時間都用在寫這封長信自述上。原本我想當面講給你聽，當我開始下筆後，覺得這樣比較能夠把事情完整描述出來，而感到歡喜。我並不是異想天開而隨意亂寫。我只想把我自己的過去，當作人生經驗的一部分，由於那些事除我以外沒有任何人說得出來，我毫不虛偽地努力寫下來，無論是對你還是其他人，在理解人性這件事上我相信不會徒勞無功。我曾經聽說渡邊華山為繪製那一幅邯鄲圖，而延後一週自殺的事。別人看來也許會認為是多此一舉，不過我想當事人的心中也有他不得不然的苦衷。我的努力不只是單純為實現對你的承諾，有一半以上的動機是基於自我要求的結果。

現在我完成了那個要求，已經沒有任何牽掛。當這一封信送達你手中時，我可能已經不在這世上。妻子在十天前就前往市谷叔母家。因為叔母生病，家中人手不足，我力勸她過去幫忙。這封長信大部分都是妻子不在家時所寫的，偶而妻子返家，我就會趕緊將信藏起來。

我打算把自己過去的善惡提供給別人參考，除了妻子是唯一的例外，我不想讓她知道任何事。請你答應我，我只有一個希望，那就是讓妻子對我過去的記憶，永遠保持一片純白，所以在我死後，只要妻子還活在人世，我告訴你的祕密，請全部藏在你一個人的心中。

譯後記

念茲在茲。非心之心。

林皎碧

夏目漱石的《心》於大正三年（一九一四）四月至八月，同時在東京、大阪朝日新聞連載。漱石原本計畫以數篇各自獨立的短篇小說串成以《心》為主題的小說創作，所以這部小說原題為《心：老師的遺書》。不過每日連載時，文思泉湧的漱石一發不可收拾，竟然寫了將近十八萬字。於是在發行單行本之際，將內容分為〈老師和我〉、〈雙親和我〉、〈老師和遺書〉三部分，改題名為《心》，由作者親自裝幀，當時漱石行年四十七歲，兩年後辭世。

世人通常將漱石的《三四郎》、《從今而後》、《門》稱為初期三部作，《過了彼岸》、《行人》、《心》稱為後期三部作。作品《心》被收錄進日本高校二年級的教科書中，可見其評價之高。雖然全書分為三部分。事實上，〈老師和遺書〉的部分，起、承、轉、結之結構十分完整，原本就足以構成一篇短篇小說。惟因有〈老師和我〉、〈雙親和我〉前二部分的伏筆及鋪陳，使得整部作品在時間上、結構上更加豐富，也更形立體感。

假如說《心》是由大學生的「我」（姑且稱之大正男）和老師的「我」（姑且稱之明治男）、所構成的雙重回憶結構也未嘗不可。在大正男的「我」，也就是書中前二部分中，作者以一些看似無意義的瑣事，不斷鋪陳、不斷製造懸疑，有如偵探小說般引發讀者疑竇。而在明治男的「我」，也就是第三部分中，才以偵探破案的手法般一步一步解開謎底，就寫作技巧而言亦可見到大文豪的功力。

利己主義與孤獨感

雖然說《心》像偵探小說般引人入勝，卻不是一部娛樂小說，而是夏目漱石身處一九一四年第一次大戰爆發前後的世界動盪局勢，日本明治後期的軍國主義、殖民地主義、派閥主義、金權主義，以及由明治過渡至大正時期的世代更迭中，藉由小說的情節，探索所謂近代文明當中知識份子的苦惱與人性明暗的一部思想小說，或許也可以說是心理小說吧！

這部小說的梗概，為大正男的「我」偶遇明治男這位「高等遊民」，交往之後發現高等遊民夫婦看來無憂無慮的幸福生活背後，似乎隱藏著什麼祕密。在收到老師的遺書，也就是從明治男的「我」的敘述中，才得以抽絲剝繭地勾勒出自幼一起長大、各自有一段不幸身世背景的同窗好友，因為人性中的利己主義和孤獨感終致相繼自殺身亡的悲劇。

什麼是利己主義呢？小說中那句「那些平日看起來善良的人，至少也都是普通人。不過一旦碰到緊要關頭時，誰都會變成壞人，這才是最可怕的。」應該最能詮釋人性中的利己主義吧！明治男的叔叔因為龐大的財產而背叛兄嫂的託付，明治男也因為美貌的女子而背叛摯友。壞人並不是世界上的另一個種族，也不是從同一個模子裡製造出來的，而是面對「金錢」和「情欲」等緊要關頭時，人心鮮有不動搖者。

小說中的叔叔覬覦財產，硬把彼此不相愛的姪兒和女兒送作堆；養父母之收養K不過是為栽培他成為醫師以繼承家業；生父為便於K到東京讀書，才決定將次子K過繼給人家當養子……每個人都站在自己最有利的立場來衡事量物。在這當中，漱石把人性中最卑鄙的利己心態刻劃入骨的一節，莫過於當明治男發現摯友割斷頸動脈自殺身亡的悲慘情景時，即使感到驚恐萬分仍不忘趕緊拆開遺書快速瀏覽一遍，發現遺書中無任何對自己不利的說詞，才以顫抖的手把信折好，放進信封內，故意重新放回原來的桌上要讓大家看見。

明治男背叛摯友，終其一生帶著罪惡感過著自我放逐的孤獨生活，無怪乎會感嘆「連世上自己最愛的人都不了解自己，不禁感到悲傷。雖然有讓她了解的方法，卻提不起讓她了解的勇氣……感覺自己好像一個與世隔絕、孤獨過日的人。」K為追求自己的理想，不惜違抗養父母、與生父家斷絕關係，孤獨走在「求道」的路上。表面上看來，K好似因戀情不順遂而自殺，讀到最後才發現「也許是現實和理想的衝突所致……我懷疑K該不會是和我一樣孤獨寂寞，無可奈何之下突然自我了斷。」從這兩人的孤獨中，我們閱讀到漱石所謂明治知識份子的孤獨感，正是來自潔癖的道德觀和嚴厲的自我要求。

漱石的思想脈絡

夏目漱石的作品，其迷人處在於好似一顆洋蔥，剝開一層又有一層，而且每剝開一層就有一個新發現。如前所述，這部《心》是漱石辭世前二年的作品，對於研究作者晚年的思想，也是非常重要的參考資料。舉其犖犖大者，有「戀愛觀」、「則天去私」、「明治精神」。

雖有好事者繪聲繪影地說漱石愛慕自己的嫂嫂，不過僅止於揣測。綜觀漱石的一生，除了其妻鏡子外，似乎沒有其他的女性關係。因此，從「我認為經常接觸、過於親密的男女之間，已經失去激發戀愛所必要的新鮮感。如同聞香只在焚香的瞬間，品酒只在剛入口的剎那，戀愛的衝動也是間不容髮，只存在於某個時間點上。假如等閒視之的話，隨著彼此愈熟悉就愈習慣，戀愛神經也會逐漸麻痺。」、「無論我如何愛慕她，對方若將愛的眼神灌注在別人身上，我不願意和這樣的女人在一起。世間上有人不管對方願不願意，只要娶到自己喜歡的女人就感到很高興……我是一個追求極高尚愛情的理論家，同時也是一個講究迂迴愛情的務實者。」這兩段話中，不難發現漱石是一個戀愛至上的純潔戀愛觀者。

一般咸認為「則天去私」為漱石晚年的文學及理想人生的境界，不過他並未留下直接文獻資料或明白闡述。據其弟子松岡讓在《漱石先生》中所記，夏目漱石於一九一六年十一月首次提到「則天去私」。然而在《心》中，諸如「我盡自己能力細心照料病人。這樣做是為了病人，也是為了愛妻，若以更大的意義來說，是為了世人。」、「我盡可能溫柔對待妻子。但這並不僅是因為我深愛她的緣故，我的溫柔應該是跳脫個人的好惡，而有一個更寬宏的背景。那和照顧岳母具有相同的意義，我的心境似乎已改變了。」的隻字片語中，所謂「為了世人」、「跳脫個人的好惡」的說法，我們是否可以說此時漱石「則天去私」的思想已經萌芽了呢？

在遺書的最後，談到「假如殉死的話，我打算為明治精神而殉死。」這句話頗耐人尋味，什麼是明治精神呢？個人以為小說中提及的K、乃木和老師的做法都是明治精神的具體表現。K因陷於戀情的迷惘、也就是他自己所謂「向上心的墮落」，而感到背叛自己不惜違抗養父的意旨而全力邁向求道的那顆心，最後因看不起自己而感到絕望。老師則因重色輕友，將摯友逼上絕路，帶著罪惡感而選擇自我制裁。乃木則因西南戰爭時旗幟為敵軍所奪一事感到莫大恥辱，而以死謝罪。

換言之，明治武士道的嚴厲主義，絕不容犯下些許過錯，縱使別人不追究，自己卻不敢須臾或忘。當漱石寫下「從明治十年的西南戰爭，到殉死的明治四十五，其間有三十五年之久。雖然乃木在這三十五年裡一心想死，可是他好像在等待一個死去的適當時機。我思考著對於這樣的人而言，是苟且偷生的三十五年痛苦，還是刀子插入腹部的一剎那痛苦？」這一句話，帶給讀者多大的衝擊與震撼呢？是的，我們明白作者想表達的就是與其帶著羞愧苟活，毋寧殉死於明治精神，才能夠從自己內心的痛苦煎熬中解脫，這就是明治人的思考模式吧！

人心之花

夏目漱石在發行《心》的單行本之際，寫了如下的宣傳廣告：「推薦這本探究人心的書，給渴望探究自己內心的人」。遙遠的明治時代蹤跡已邈，走過大正、昭和，時代推移到二十一世紀的平成，時移星轉，外在面貌儘管大不相同，所面臨的困境也不是昔時所能想像。然而，一如兼好法師《徒然草》所說：「有不待風吹而自行散落者，人心之花是也。」人心的搖蕩、人性的明暗，亙古不變，總是有跡可循而難以理解。——這或許就是《心》能夠跨越時代，成為經典之作的原因吧！

漱石學貫東西，淵博難說。文中常有作者自為的造詞，幾乎讓人丈二金剛摸不找頭緒。迻譯過程，幸得亦師亦友的日本國學院大學島田潔老師的協助，方得圓滿畫下句點。謹此致上深深的謝意。

心

こころ

作　　者　夏目漱石
譯　　者　林皎碧
主　　編　郭峰吾

總 編 輯　李映慧
執 行 長　陳旭華（steve@bookrep.com.tw）

社　　長　郭重興
發 行 人　曾大福

出　　版　大牌出版／遠足文化事業股份有限公司
發　　行　遠足文化事業股份有限公司
地　　址　23141 新北市新店區民權路 108-2 號 9 樓
電　　話　+886- 2- 2218 1417
傳　　真　+886- 2- 8667 1851

封面設計　Bianco Tsai
法律顧問　華洋法律事務所 蘇文生律師

定　　價　380 元
初　　版　2014 年 5 月
四　　版　2022 年 8 月

電子書 E-ISBN
978-626-7191-04-0（EPUB）
978-626-7191-03-3（PDF）

國家圖書館出版品預行編目（CIP）資料

心 / 夏目漱石著；林皎碧 譯 . -- 四版 . -- 新北市：大牌出版 , 遠足文化事業股份有限公司 , 2022.8 面；公分
譯自：こころ
ISBN 978-626-7102-99-2（平裝）

861.57　　111012270